Choi In-Suk

Der Brunnen meiner Seele

Die koreanische Originalausgabe erschien mit
insgesamt sechs Erzählungen unter dem Titel
„Nae Yonghonui Umul“
1995 beim Verlag Koryowon in Seoul.
Der Auswahl für die deutschsprachige Übersetzung
hat der Autor zugestimmt.

Übersetzung und Veröffentlichung wurden
von der Daesan-Kulturstiftung, Seoul,
finanziell unterstützt.

Choi In-Suk

Der Brunnen meiner Seele

Erzählungen

Aus dem Koreanischen von
Kim Sun-Hi und
Edeltrud Kim

Middelhauve

Inhalt

Wenn der Wind weht 7

Ein Vogel, der fällt 9

Am Strand der Welt 76

Der Brunnen meiner Seele 171

Anmerkungen 246

Nachwort 249

Wenn der Wind weht

Dort unter dem öden Himmel
fallen meine einst begeisterten Träume
toten Vögeln gleich
einer nach dem anderen
zur Erde nieder.

Das Wehen des Windes, hat man das gesehen? Ob es nicht so ist? Lebt auf dieser Welt ein Riesentier, dessen Puls alle 100 Jahre einmal schlägt, das alle 1000 Jahre einmal atmet, das alle 100 000 Jahre einmal Mahlzeit hält, und ist dieser Wind, der jetzt weht, nicht vielleicht ein Takt des Liedes, das dieses Tier singt, ein Lied, dessen Ende erst in 1 000 000 Jahren ertönt, ist er nicht aus einem solchen Lied nur eine Note (von der unsereiner gar nicht wissen kann, welcher Teil des Ganzen sie ist)? Wir werden es wohl nicht wissen können. Auch wenn ein solches Riesentier lebte, wenn solch ein großes Tier mit einem derart mächtigen Atem ein so großartiges Lied sänge, wir würden es wohl nicht wissen können. Selbst im Traum nicht wissend, dass dies das Lied des Tieres ist, finden wir es zuweilen lästig und zuweilen begeisternd und ab und zu erfreuend und manchmal auch zum Verzweifeln, und so leben wir denn bis zu unserem Tode.

Es gab einen Dichter, der, wenn der Wind wehte, sagte: „Ich habe Lust zu leben.“ Ich möchte Fragen stellen, wenn der Wind weht. Ob in jenem Wind nicht auch ein Tier heranwächst?

Im Mai 1995
Choi In-Suk

Ein Vogel, der fällt

1

Die Frau war vor vier Jahren im Herbst zum ersten Mal im Kreisstädtchen Unchi aufgetaucht. Durch den Ort führte eine schmale zweispurige Nationalstraße, die auf beiden Seiten von einer etwa hundert Meter langen Häuserreihe mit Apotheke und Läden, Teestube und Gaststätte, Bahnhof und Postamt und dergleichen mehr gesäumt wurde. Als der Überlandbus dort gehalten hatte, da waren zwischen Dorffrauen, die ihr Bündel auf dem Kopf trugen, weit nach vorn gekrümmten Alten, die sich auf einen Stock stützten, und Oberschülern, die von ihrer Schule in Namwon zurückkamen, auch diese Frau und Han Yong-Tae ausgestiegen.
Auf der Straße war nicht viel los, so machten ein Fahrrad und eine Landmaschine ein Wettrennen miteinander, bei dem sie abwechselnd in Führung gingen, und der Wind trieb gefallene Platanenblätter vor ihnen hin und her. Am tiefblauen Herbsthimmel waren da und dort einige Federwolken aufgezogen und blickten auf die enge Straße und auf die neben ihr in alle Richtungen sich ausdehnenden Felder hinunter. Wie ein Segen von oben fielen die klaren Sonnenstrahlen, die den Himmel durch-

glitzerten, in die Hauptstraße hinein. Yong-Tae hielt eine schwere schwarze Tasche in der Hand, und die Frau hatte eine schwarze Reisetasche über die Schulter gehängt. Sobald Yong-Tae aus dem Bus ausgestiegen war, setzte er die schwarze Sonnenbrille ab, die er getragen hatte, und schaute sich tief gerührt um. Die Heimat, das war nichts als diese schäbige Straße, aus der nach dem Regen die Regenwürmer hervorkrochen. Warum nur hatte man solch große Sehnsucht nach einer solchen Straße? Aus dem kleinen Kramladen war ein Supermarkt geworden, das düstere Postamt aus der Zeit der japanischen Kolonialherrschaft hatte ein neues frisches Aussehen bekommen, und die Mühle, die wie ein dunkles Loch gewirkt hatte, hatte sich hell und sauber herausgeputzt, aber sonst hatte sich nichts geändert.
„Das hier ist deine Heimat, Yong-Tae? Du bist ja wirklich vom Lande!"
Die Frau sagte das, aber Yong-Tae reagierte gar nicht darauf, sondern er fing an zu gehen. Er war über einen Meter neunzig groß und auch dick wie ein Ringkämpfer. Jeder seiner Oberschenkel war so dick wie der Rumpf eines durchschnittlichen Menschen. Dagegen war die Frau nur knapp eins sechzig groß, und sie hätte wohl drei oder vier kleine Schritte machen müssen, um mit Yong-Tae Schritt halten zu können. Aber es war offensichtlich, dass es ihr gar nicht in den Sinn kam, Schritt halten zu

wollen. Sie trug, was man in Unchi wohl kaum je zu Gesicht bekommen hatte, einen Minirock, der zwanzig bis dreißig Zentimeter über den Knien aufhörte und nur ihren Po knapp bedeckte. Ob Yong-Tae vorausging oder nicht, das kümmerte sie kein bisschen. Sie wackelte links und rechts mit dem Po, der sich im engen Rock abzeichnete. Wenn ein Fahrrad vorbeifuhr, wandte sie den Kopf in diese Richtung und sah ihm lange nach; wenn ein gelber Hund, der vor einem Laden lag, plötzlich aufsprang und laut bellte, sah sie auch zu ihm lange hin. Ihre bloßen Oberschenkel, ihre schlanken Waden, den weißen Hals und die wohlgeformten Arme, die sie, obwohl es schon weit in den Herbst ging, freimütig aus einem ärmellosen T-Shirt heraussehen ließ, das alles bestaunten die jungen Männer des Landstädtchens, die zum Gaffen auf die Straße gekommen waren, aber auch zu denen sah sie unbefangen hin, und flanierte träge und müßig vorbei, als ob sie nicht zum ersten Mal hierher gekommen wäre, sondern schon immer Ausflüge auf diesem Weg gemacht hätte. Die Strahlen der Nachmittagssonne warfen den Schatten der Frau verschämt auf die Straße. In ihrem Schattenbild trug sie nur eine Handtasche und ein Paar Schuhe mit hohen Absätzen, irgendein Kleid schien sie nicht anzuhaben. Die schlanken Beine, der volle Po, die schlanke Hüfte, der durch das dünne T-Shirt betonte, fest hervorstehende Busen waren in klaren Umrissen auf der Straße aufgezeichnet.

„Ach, du meine Güte! Das große Kind da läuft ja fast nackt herum!"

Diese erschrockenen lauten Stoßseufzer stammten von einer Frau, die ein paar Köpfe Chinakohl und einige Bündel Rettich auf dem Kopf und einen Eimer in der Hand trug, und von einer anderen Frau, die gerade aus einer Gasse herauskam. Die junge Frau hörte das, aber ihre Miene änderte sich gar nicht, sondern sie drehte, als höre sie so etwas ständig, ihren Kopf zu den Frauen hin, sah sie unverwandt an und ging mit gleichmäßigen Schritten und strahlendem Lächeln an ihnen vorbei.

„Also Hyong-Suk, kannst du nicht etwas schneller kommen?"

Ja, Shim Hyong-Suk, so hieß die Frau. Wenn sie auch von Yong-Tae gedrängt wurde, so ging Hyong-Suk doch keine Spur schneller.

„Hast du's eilig, Yong-Tae? Ich hab aber gar keine Eile!"

Eine Tasche, so groß, dass es bei einem gewöhnlichen Menschen ausgesehen hätte, als trage er seinen eigenen Körper noch einmal mit sich herum, eine solche Tasche hielt Yong-Tae mühelos wie eine leere Proviantdose in der Hand. Mit seiner riesigen Gestalt füllte er den Weg ganz aus, als er ein paar Mal mitten auf der Straße stehen blieb, um auf Hyong-Suk zu

warten, die in ihren müßigen Schritten und mit dem Po hin und her wackelnd gemächlich herankam.
„Vielleicht sollte ich dich lieber einfach auf dem Rücken tragen!“
Hyong-Suk näherte sich langsam, bis sie neben ihm war, und schaute unter den langen dichten Wimpern flüchtig zu seinem Gesicht hinauf.
„Ich möchte an so einem Platz aber nicht getragen werden.“
Das sagte sie und ging an ihm vorbei weiter. Von hinten sah Yong-Tae nun ihren Po voller Schwung hin und her wackeln, und auf einmal stieg irgendwo aus seinem Körper eine Kraft herauf, die sein Gesicht rötete und ihn noch schneller gehen ließ. Von seinem Blick, der sich plötzlich auf etwas zu konzentrieren schien, war der Gedanke abzulesen, schnell ein Zimmer zu suchen und sie zum Liegen zu bringen ...
Doch derartige Gedanken Yong-Taes ließen sich nicht sofort in die Tat umsetzen. Und zwar nicht nur, weil Hyong-Suk so langsam ging. Plötzlich kam mit dem Ruf „Hei, wer ist denn da?“ ein junger Mann mit einem Strohhut und einem braun gebrannten Gesicht und klopfte Yong-Tae auf den Rücken. Der blieb stehen und sah zu ihm hin. Und auch er rief nun aus:
„Mensch, Yong-Shik, wir haben uns ja ewig nicht gesehen!“

„Was ist denn los? Kommst du wieder nach Hause? Willst du jetzt hier leben?“
„Ja klar. Dem Leben in Seoul hab ich auf Wiedersehen gesagt.“
„Da hast du wohl viel Geld verdient?“
„Von Geld kann keine Rede sein. Ich hab mich bloß zu Tode geschuftet. Du hast ja keine Ahnung. Seoul, das ist kein Platz, wo man leben kann. Es ist herzlos, die Luft ist schlecht, der Verkehr höllisch… Und was machst du?“
„Was soll ein Bauer schon tun? Man betrachtet den Himmel und lebt dabei so irgendwie. Was willst du denn jetzt machen?“
„Darüber muss ich noch in aller Ruhe nachdenken. Was macht Chong-Sok denn jetzt so?“
„Der ist doch schon vor einigen Jahren nach Seoul gegangen. Hast du da nichts von ihm gehört?“
„Meinst du, dass es in Seoul wie in einem Zirkuszelt zugeht, wo dieser oder jener Mann oder die Leute aus diesem und jenem Dorf zusammenhocken und ‚hier‘ antworten, wenn man ruft? Wie kann man in einem solchen großen Ort überhaupt Neuigkeiten erfahren? Und was macht Tae-Ku?“
„Der ist Kaufmann, Rinderhändler. Jetzt wird er wohl zu Hause sein.“
In dem Moment sagte Hyong-Suk etwas. Sie stand längst neben den beiden und nahm wahr, was für ein Gespräch sie führten.

„Hast du noch viel zu sagen? Ich nicht."
Yong-Shik hätte schon die ganze Zeit gern erfahren, welches Verhältnis Yong-Tae zu der Frau hatte, die schon eine Weile neben ihnen stand und wie eine Schauspielerin aussah. Erst jetzt stellte Yong-Tae sie vor.
„Das ist meine Frau, die Frau von deinem älteren Bruder. Begrüße sie, Yong-Shik! Hyong-Suk, das ist ein Spielkamerad aus Kinderzeiten. Er heißt Yong-Shik. Er ist Bauer. In Seoul hast du mich mal gefragt, welche Leute Landwirtschaft treiben, siehst du, solche Kerle wie er sind eben Bauern."
Yong-Tae hatte diesmal sogar einen Scherz gemacht.
„Dem Knaben hier sind wohl die guten Sitten etwas abhanden gekommen ... Wenn sie die Frau eines jüngeren Kameraden wäre, in Ordnung, aber warum ist sie bloß die Frau meines älteren Freundes? Ich heiße übrigens Oh Yong-Shik."
Bei diesen Worten streckte er ihr seine Bauernhand entgegen, seine raue und aufgerissene Hand, deren Risse alle schwarz von Erde waren. Hyong-Suk dachte gar nicht daran, ihm die Hand zu geben, sie starrte nur auf die Hand hinunter.
„Ich mag das Händeschütteln nicht."
Yong-Shik war für einen Augenblick sprachlos, aber nicht nur, weil sie den Händedruck verweigert hatte. Sie beugte ihren Kopf nur einmal leicht nach links zu diesem verwirrten Yong-Shik hin

und sagte dabei ganz deutlich die drei Silben ihres Namens.

„Guten Tag! Ich heiße Shim und Hyong und Suk. Shim ist mein Familienname, und das chinesische Zeichen für Hyong bedeutet gut aussehend, das für Suk bedeutet klar."

Yong-Shik war immer noch sprachlos und starrte das Gesicht der Frau an. Zum ersten Mal in seinem Leben hatte er eine Person getroffen, die sich mit ihrem Namen auf diese Weise, Zeichen für Zeichen, vorstellte. Ihm blieb die Luft weg, aber er nahm seine immer noch ausgestreckte Hand zurück, grüßte mit einer halben Verbeugung und wandte seinen Blick nur mit Mühe vom Gesicht der Frau ab. Abgesehen von den Armen und Beinen, die sie offen zeigte, und von dem vollen Busen, den das T-Shirt abzeichnete, verwirrten ihn die tiefen, deutlichen Blicke, mit denen sie ihn fest ansah. Während er ihr in die Augen sah, pochte sein Herz heftig, sein Gesicht errötete, und seine Fußsohlen kribbelten. Unendlich beneidete er Yong-Tae darum, dass er sich in Seoul so ein tolles großes Kindchen geangelt hatte und mit ihm zurückgekommen war. Yong-Shik, der als Bauer auf dem Lande lebte, hatte eine solche Frau noch nicht einmal gesehen. Doch, gesehen hatte er sie schon einmal. Im Film oder im Fernsehen. Aber in der Realität sah er so ein Wesen zum ersten Mal.

Zum ersten Mal stand so eine Frau vor seinen Augen, sah ihn an und sagte etwas zu ihm. Ihm war, als würde in seinem Herzen Feuer geschlagen. Was er mit diesem Feuer anfangen sollte, wusste er nicht. Was dieses Feuer ihm bringen würde, das wusste er auch nicht.

Yong-Shik hatte ganz vergessen, dass er bei der Samenhandlung vorbei wollte, er sah auf den knapp bedeckten Po und auf die Oberschenkel Hyong-Suks, die gemächlich voranschritt, und begann neben Yong-Tae herzugehen.

„Grüßt man in Seoul so? Stellt man sich in Seoul so vor, indem man jedes Zeichen seines Namens benennt?"

Als Yong-Shik das leise fragte, antwortete Yong-Tae selbstsicher: „Seoul ist so ein Ort, wo etwas Gesetz wird, wenn man es nur macht."

Daraufhin drehte sich wie ein Wunder die vorangehende Hyong-Suk herum, wobei sie den ganzen Körper auf einen der hohen dünnen Absätze stützte, und sagte: „So ein Gesetz gibt es auch in Seoul nicht."

Noch einmal sah Yong-Shik ihr Gesicht, und als er auf die beinahe bloß erscheinende Brust, das weiße Gesicht und die nackten Arme blickte, da wurden seine Augen geblendet, er fühlte das Feuer in seinem Herzen wie mit Benzin begossen zum Himmel empor lodern, und ihm wurde schwindlig. Ich muss

hier weg, dachte er sich. So blickte er zu Yong-Tae und sagte:
„Ich muss jetzt gehen, ich war ja unterwegs, weil ich was zu besorgen hatte. Ich wohne immer noch im selben Haus wie früher. Komm doch mal vorbei! Wann willst du kommen? Wollen wir eins trinken?"
„Natürlich. Aber hast du als Bauer jetzt nicht viel zu tun?"
„Heutzutage gibt es keinen Unterschied mehr zwischen Ruhezeiten und den Sä- und Erntezeiten. Wenn man im Winter auch auf dem warmen Fußboden liegen bleiben kann, es reicht gerade so weit, dass man nicht verhungert. Wo willst du denn übernachten?"
„Zur Tante gehe ich. Sie gibt mir schon ein freies Zimmer, oder nicht?"
„Ja, ja, deine Tante, die wohnt auch noch hier?"
„Du kannst nachher dorthin kommen. Ich lade dich auf ein Glas ein."
„Wie bitte? Ist das auch eine Seouler Sitte, dass man sich von dem Busenfreund einladen lässt, der gerade nach langer Zeit nach Hause zurückgekommen ist?"
Da sagte Hyong-Suk wieder etwas.
„Bist du nicht müde? Ich bin müde."
Yong-Shik wandte seinen Kopf unbewusst zu ihr hin, aber im selben Augenblick fühlte er, wie die Flammen vom Herzen auf den ganzen Körper

übergriffen, und er wandte den Blick schnell wieder in die entgegengesetzte Richtung und ging davon. So war Shim Hyong-Suk in dem Landstädtchen Unchi im Südzipfel der Provinz Nordcholla aufgetaucht. Der Herbsthimmel vom Oktober 1990 schaute der ganzen Szene voller Mitleid und Sorge zu.

2

Yong-Taes Tante, die aus Namwon stammte, betrieb seit langem in einer Ecke des Ortes ein kleines Lokal. Wie solche Gasthäuser auf dem Lande meist aussehen, so gab es auch hier hinten die Wohnung, vorn den Gastraum, darin war auf der einen Seite die Küche und auf der anderen Seite stand ein aus Brettern gezimmerter Tisch mit ein paar Stühlen. In diesem Gasthaus gab es nur selten Gäste. So wunderten die Leute sich, wie man von so einem Geschäft überhaupt leben konnte. Essen verkaufte die Tante, aber auch Alkohol. Zu ihrem Glück oder Unglück war sie sehr korpulent und sah dabei recht vierschrötig und derb aus, sodass bei ihr, obwohl sie allein lebte, selten Männer vorbeikamen. Mit zwanzig war sie einmal verheiratet gewesen. Aber vier Monate nach der Hochzeitsnacht war ihr Mann spurlos verschwunden. Sie hatte danach auf den

Märkten da und dort Kleinkram verkauft und mit Mühe und Not das Haus in Unchi erworben, wo sie dann das Schild „Unchi-Gasthaus“ aufhängte. Zwei Monate, nachdem sie mit dem Lokal angefangen hatte, hörte sie das Gerücht, dass ihr Mann in Undong mit einer Frau zusammenlebe. Daraufhin suchte sie die beiden gleich auf und schlug ihnen den ganzen Hausrat kaputt. Dabei zertrümmerte sie so einfach wie einen Suppenteller auch die große Nase ihres Mannes, und die Frau, die sie daran hindern wollte, schob sie mit einer Hand so kräftig beiseite, dass die von der Diele auf den Eingang runterfiel und sich beide Beine brach. Nachdem sie wegen dieser Sache öfters von der Polizei vorgeladen worden war und viel auszustehen gehabt hatte, lebte sie still vor sich hin, und auch wenn sie ein Gerücht hörte, dass ihr Mann da und dort dies und jenes mache, vernahm sie es, als ob von einem Fremden erzählt würde, und änderte nicht einmal ihren Gesichtsausdruck. Einmal, als sie etwas getrunken hatte, hatte sie Yong-Tae ihr Herz ausgeschüttet: Wenn sie den Mann unbedingt hätte finden wollen, hätte sie ihn schon finden und nach Hause bringen können. Aber so schwächlichen Menschen, deren Nase und Beine brachen, wenn sie nur ein-, zweimal mit der Hand ausholte, würde sie bestimmt immer wieder etwas brechen, nachdem sie sie gefunden hatte. Deshalb könne sie keine

Ruhe kriegen, und so habe sie gedacht, es sei besser, sie gar nicht erst zu suchen. Außerdem war an ihrem schwächlichen Mann sowieso nur die Nase vorzeigbar, und da diese Nase nun gebrochen sei, würde es ihr sowieso keine Freude mehr machen, mit ihm zusammenzuleben. So denke sie eben. Deswegen habe sie beschlossen, in Ewigkeit nichts mehr von ihm wissen zu wollen.

Die Mutter von Yong-Tae hatte die gleiche kolossale Figur gehabt wie die Tante aus Namwon. Auf ähnliche Weise wie die Tante war auch sie von ihrem Mann getrennt worden, und als Yong-Tae drei Jahre alt war, war sie gestorben. Danach hatte die Tante ihn großgezogen. An seine Mutter hatte Yong-Tae gar keine Erinnerungen, für ihn war die Tante seine Mutter, deshalb hatte er sie als Kind auch eine Zeit lang einfach Mutter genannt.

Yong-Tae und Hyong-Suk begannen nun in diesem Haus auf Kosten der Tante zu leben. Ohne ein Wort darüber zu verlieren, ob es ihr passe oder nicht, hatte die Tante, die so früh allein gelassen worden war und lange einsam gelebt hatte, dem Ehepaar ein leeres Zimmer oben im Haus zur Verfügung gestellt. Zwei Monate nach seiner Heimkehr hatte Yong-Tae den leer stehenden Schuppen neben dem Unchi-Gasthaus umgebaut und eröffnete darin einen kleinen Fahrradladen, wo er Fahrräder verkaufte oder auch reparierte. Den ganzen Tag über hatte er einen

Arbeitsanzug an und war überall mit Öl verschmiert. Hyong-Suk wusch sich morgens, nachdem sie aufgestanden war, wohl eine halbe Stunde lang, dann schminkte sie sich etwa eine Stunde lang, danach ging sie zu Yong-Tae, der ölverschmiert vor seinem Geschäft saß und arbeitete, und redete belangloses Zeug. Dann ging sie müßig in den Straßen des Ortes herum, immer noch mit einem Rock, der nur so tat, als bedeckte er ihren Po, und mit einem T-Shirt, das auch nur so tat, als bedeckte es ihren Busen. Während sie so herumlief, grüßte sie mit einem Kopfnicken und einem „Guten Tag" ohne Ausnahme jeden, den sie auf dem Markt oder auf der Straße schon mal gesehen hatte, ob sie sich mit ihm bekannt gemacht hatte oder nicht. Mittlerweile hatte sie auch Freundinnen gefunden, mit ihnen spazierte sie im Ort herum, sie gingen gemeinsam einkaufen, mit den Frauen des Viertels saß sie auch im Nachbarhaus zusammen und nähte mit ihnen. Die Tante saß in einer Ecke des Gastraums, kochte Reis und Beispeisen und bereitete auch Kleinigkeiten vor, die beim Trinken gegessen wurden. Aber da trotz des Wartens die Gäste den ganzen Tag über an zehn Fingern abzuzählen waren, dienten Reis, Beispeisen und Trinkbeilagen der Tante, Yong-Tae und Hyong-Suk am selben Abend und am nächsten Tag als Mahlzeiten. Tief in der Nacht konnte man dann in der Gasse hinter dem Unchi-Gasthaus

manchmal hören, wie Yong-Tae und Hyong-Suk sich einander in hemmungsloser Leidenschaft hingaben. Ob Yong-Tae und Hyong-Suk beschlossen hatten, sich um andere Leute überhaupt nicht zu kümmern, oder ob sie einfach ihre lauten Liebesseufzer nicht unterdrücken konnten, wie dem auch sei, jedenfalls war das nächtliche Treiben des Ehepaars kein intimes Treiben zwischen den beiden mehr, sondern musste von allen Leuten in Unchi mitertragen werden. So sagten sie einander beim Morgengruß am nächsten Tag, dass die beiden sich nachts wieder geliebt hatten, dass man umziehen oder sich die Ohren zuhalten müsse, weil sie dabei so schrecklich laut seien. Das nächtliche Liebesleben des Ehepaars Yong-Tae und Hyong-Suk war also kein „Zimmersturm" mehr, der im Zimmer begann und dort auch endete, sondern das war eine stürmische Vereinigung, bei der Himmel und Erde bebten, und der ganze Ort musste es erdulden.
Freilich waren die stürmischen Liebesakte nicht die einzige Beschäftigung des Ehepaars. Yong-Tae ging auch mit seinen Jugendfreunden zum Angeln an den Fluss Somchin, oder er ging mit dem Luftgewehr auf Fasanenjagd, er ging auch mit auf die Felder, um Yong-Shiks Familie Arbeit abzunehmen, wenn sie helfende Hände brauchte, manchmal trank er auch eins, und wenn er abends Langeweile hatte, spielte er mit den anderen Karten um Makkolli-

Reiswein. Hyong-Suk ging manchmal allein auf den Feld- und Waldwegen außerhalb des Ortes spazieren. Sie sang dabei vor sich hin oder pfiff (sie konnte ausgezeichnet pfeifen). Mit ihren müßigen, gemächlichen Schritten ging sie lange Zeit herum, ohne etwas zu tun, und kam erschöpft zurück. Auf dem Rückweg kaufte sie Dosenbier, kein Flaschenbier, sondern unbedingt zwei Dosen Bier, und damit ging sie zu Yong-Tae ins Geschäft, gab ihm eine Dose und öffnete sich selbst die andere, blieb stehen oder setzte sich und erzählte ihm irgendetwas Lustiges, und wenn sie dort dann lange geblieben war und ausgetrunken hatte, ging sie ins Haus. Wenn die Freunde Yong-Tae fragten, wo er seine Frau getroffen habe, antwortete er nur, er sei ihr zufällig irgendwo begegnet. Und auf die Frage, wie er in Seoul seinen Lebensunterhalt verdient habe, antwortete er nur, er habe so recht und schlecht gelebt. Als die Heimkehr Yong-Taes zuerst bekannt wurde, meinten die Leute besorgt, dass der Ort wieder unruhig werden würde, wenn er auftauchte. Als sie dann sahen, dass er ein Fahrradgeschäft aufmachte und den ganzen Tag im ölverschmierten Arbeitsanzug arbeitete, fragten sie einander abfällig, wie lange das wohl gut gehen würde. Als der Winter des Jahres vergangen war und der nächste Frühling herankam, lobten sie, dass er zur Besinnung gekommen sei und daher nun anständig lebe und dass er die Älteren ordentlich grüße. Aber dass er seinen Charakter, der bald wie Feuer und bald wie Eis erschien, nicht auf ewig abgelegt hatte, bestätigte sich nach nicht allzu langer Zeit.

Nun hält ja auf der ganzen Welt nichts ewig vor. So war jetzt alles, was Räder hat, auch Autos und Motorräder, alltäglich geworden, und daher geschah es viel häufiger als früher, dass selbst in einem so verlassenen Städtchen wie Unchi, das in einer Ecke der Provinz Nordcholla versteckt lag und deshalb eigentlich niemanden interessierte, fremde Leute ein- und ausgingen. An diesem Tag nun war Yong-Tae dabei, an dem Fahrrad zu arbeiten, das ihm Herr Lee von der Ortsverwaltung am Vortag zur Reparatur überlassen und das er gerade mit dem Sattel nach unten vor sich aufgestellt hatte. Hyong-Suk hatte, sobald der Frühling gekommen war, damit begonnen, eine Bluse, die ihre Brust und Arme offen zeigte, und einen kurzen Rock zu tragen. So bekleidet holte sie einen Stuhl vor die Werkstatt und setzte sich dort hin und spielte mit ihren langen, aufreizenden Beinen. Dabei redete sie, und ihr Geplapper war wie die Steine, die die Kinder über den Bach hüpfen lassen, ohne Grund und ohne Ziel: Die Mutter von Yong-Shik, die an Rheumatismus leidet, täte gut daran, eine Katze zu fangen und das Katzenfleisch zu essen, sie selbst möchte noch mal im Chongchindong-Viertel von Seoul die scharfe

Haechang-Suppe essen, für die das Viertel so berühmt ist, und sie würde gern in den Nachtklub vom C-Hotel im Schickeria-Viertel Apkuchongdong gehen und bis zur Erschöpfung viele Runden tanzen. An jenem Frühlingstag, an dem der junge, gärende Lebenssaft, der sich den ganzen Winter im Körper versteckt hatte, noch träge war, da leuchteten, vom Licht des Frühlings aufgeweckt, ihr Gesicht und ihre bloßen Arme und Beine außergewöhnlich hell. Damals erschienen dann die beiden Motorräder. Die Fahrer waren junge Burschen von zwei-, dreiundzwanzig Jahren. Zunächst waren sie mit einem Riesenlärm an dem Fahrradladen vorbeigefahren. Aber in dem Moment nahm einer von den beiden Hyong-Suks Beine wahr, die, in das Frühlingslicht getaucht, unter dem Rock, der beim Sitzen bis zum Po hochgerutscht war, wie ein Leuchtkörper hervorstrahlten. Daher wendeten die beiden gleich ihre Motorräder, kamen zum Fahrradladen zurück und hielten an. Ohne abzusteigen, starrten sie Hyong-Suks Beine eine Weile an, und obwohl sie das zur Kenntnis nahm, ließ Hyong-Suk ihre Beine ohne Bedenken weiter hin und her baumeln. Schließlich sprach sie einer der Burschen an.

„Gehört Ihnen das Fahrrad, das der Mann da repariert?"

„Nein", entgegnete Hyong-Suk ganz unbefangen.

„Lassen Sie das Ding hier, machen wir zusammen eine Spazierfahrt."
„Ich mag keine Motorräder."
„Ihrer Sprache nach sind Sie wohl nicht von hier."
„Stimmt."
Hyong-Suk beantwortete brav jede Frage.
„Woher sind Sie?"
„Aus Seoul."
Da kam Yong-Tae wieder aus dem Laden heraus, er war nur eben hineingegangen, um ein Werkzeug zu holen. Er sah die beiden kurz an, setzte sich vor das Fahrrad, begann weiterzuarbeiten und sagte dabei: „Meine jungen Herren, fahren Sie weiter und kümmern Sie sich um Ihre eigenen Angelegenheiten!"
Die beiden blickten einmal zu Yong-Tae hin und sahen sich dann an. Yong-Tae, den wollten sie ignorieren, und so wandte sich jeder noch ein weiteres Mal an Hyong-Suk:
„Seoul? Sollen wir Sie nach Seoul bringen?"
„Zeigen Sie uns Seoul doch mal!"
„Ich mag Seoul nicht."
Das war Hyong-Suks Antwort. Darauf sagte Yong-Tae wieder: „Hab ich nicht gesagt, Sie sollten gehen und sich um Ihren Kram kümmern?"
Einer der beiden jungen Männer antwortete: „Reparieren Sie Ihr Fahrrad, was geht Sie das an, ob wir ein Geschäft machen, Läuse fangen, nach Ginseng suchen oder unter ein Laken kriechen."

Bei dieser Antwort lachte der andere junge Mann laut, auch Hyong-Suk lachte hell auf. Yong-Tae kehrte den Burschen weiter den Rücken zu, blieb an der Arbeit und sagte: „Also Kinder, wenn ich es euch im Guten sage, so folgt doch."

Als Hyong-Suk das hörte, lachte sie wieder hell auf. Die Anrede „Kinder" und Hyong-Suks Lachen verletzte den Stolz der beiden. Der eine stieg vom Motorrad ab und stolzierte bis zu Yong-Tae hin. Er war ziemlich groß, und sein stabiler Körperbau ließ vermuten, dass er bei Auseinandersetzungen den Ton angab.

„Wen duzt du denn da? Bist du lebensmüde?"

Yong-Tae erhob sich nicht. Er stellte das umgedrehte Fahrrad wieder richtig hin und brachte die Kette an.

„Ich hab doch gesagt, ihr sollt gehen. Mit deiner Kraft brauchst du nicht so sinnlos zu protzen."

„Was ist denn das für eine Type!"

Der andere Bursche stieß mit dem Fuß das Fahrrad um, an dem Yong-Tae gearbeitet hatte.

„Ich mag keine Schlägereien", war von Hyong-Suk zu vernehmen.

„Stell das wieder hin!", sagte Yong-Tae.

„Das kannst du selbst machen, du bist doch der Fahrradmechaniker, nicht wir."

Noch länger konnte Yong-Tae das nicht ertragen. Er holte schnell mit der Hand aus, packte den einen

Burschen bei der Brust und ließ ihn in der Luft baumeln. Der andere Bursche schlug mit seinen Fäusten auf Yong-Tae ein. Der drehte sich um, stieß ihn mit der Schulter und schlug mit der anderen Hand zu. Der Bursche ging zu Boden. Mit einem Ruck stand er wieder auf und zog ein Messer aus seiner Tasche. Yong-Tae warf den Burschen, den er in der Luft hielt, auf den anderen, sodass die beiden gleichzeitig hinschlugen. Sofort fiel er über sie her.
Die Schlägerei dauerte nicht lange.
Mit einem Faustschlag zerschlug Yong-Tae den beiden die Nase und die Lippen. Mit einem Tritt hinderte er den einen daran aufzustehen und ließ den anderen durch die Luft fliegen und gegen eine Mauer fallen. Je mehr Faustschläge und Fußtritte er austeilte, desto mehr blaue Funken sprühten wie bei einem Schweißbrenner aus seinen beiden Augen. Schonungslos trat er die am Boden liegenden Burschen zusammen.
Hyong-Suk sah mit schlaffem Gesicht zu und ließ nur ihre Beine hin und her baumeln. Bis die Tante erschien und der Schlägerei ein Ende machte, versetzte Yong-Tae mit funkelnden Augen den beiden jungen Männern, ohne auch nur einen Atemzug lang Pause zu machen, Fußtritte und Faustschläge so fest und genau, wie man Holz in Scheite hackt. Als die Burschen fliehen wollten, war Yong-Tae einen Schritt schneller bei den Motorrädern, hob jedes einzeln

hoch und schleuderte es gegen die Mauer eines Hauses. Die Lenker der Motorräder zerbrachen, die Räder wurden verbogen, und die Mauer, die aus schlechten Ziegelsteinen gemacht war, hielt den Stoß nicht aus und fiel zusammen. Die beiden Burschen waren vor Schreck außer sich und stürzten davon, ohne auch nur eine Sekunde Zeit für die Rettung ihrer Motorräder, ja ihres Stolzes zu verlieren.
Hyong-Suk hatte die ganze Zeit über der Schlägerei mit leerem Gesicht zugesehen und nur manchmal vor sich hin gemurmelt: „Ich hab die Nase voll, die Nase voll!"
Nach diesem Ereignis schüttelten die Leute im Ort den Kopf und meinten, dass dieser Kerl seinen früheren Charakter doch nicht abgelegt habe, dass nach drei Jahren aus dem bösen Hund doch kein sanftes Lamm geworden sei. Der Polizist Kwon von der Polizeistation kam zu ihm und kündigte ihm an, dass er ihn festnehmen müsse, wenn sich solche Schlägereien wiederholen würden.
Yong-Tae hielt ihm entgegen: „So dumpf kann man doch nicht leben. Alle Leute aus dem Ort haben es doch gesehen. Alle haben sie gesehen, wie diese miesen Winzlinge meine Nerven strapaziert haben. Ich habe mich maßlos angestrengt, das auszuhalten. Würden Sie, mein Lieber, es zulassen, dass unbekannte Kindsköpfe Ihre Frau belästigen? Das ist doch etwas, das gar nichts mit dem Gesetz zu tun hat, oder?"

Aber am Ende gab er doch nach, indem er sagte, dass auch er die Schlägereien satt habe und nicht mehr handgreiflich werden wolle.
In dieser Nacht schlug Yong-Tae eine Zeit lang so auf Hyong-Suk ein, wie man einen Hund verprügelt. Die Nachbarn dachten alle, Hyong-Suk würde ihren Geist aufgeben. Wie die beiden schlugen und geschlagen wurden, das war so laut wie die stürmische Liebesbegegnung, die Himmel und Erde erbeben ließ. Und es war für alle deutlich zu hören, dass diese Schlägerei tatsächlich in einer stürmischen Liebesnacht endete. Daher begrüßten sie sich am nächsten Morgen:
„Ach, ich dachte, letzte Nacht wäre Yong-Taes Frau am Sterben gewesen."
„Ja, ich dachte, sie würde zweimal sterben."
Der Argwohn, dass Yong-Taes Charakter und seine Gewohnheiten unverändert geblieben seien, verfestigte sich, als Dols Familie aus Seoul zurückkam. Durch Dols Vater verbreitete sich das Gerücht, dass Yong-Tae in Seoul Diebstähle begangen hätte und auch im Gefängnis gewesen wäre. Auch über Hyong-Suk waren Gerüchte im Umlauf. Sie sollte in Chonho-Dong, am Stadtrand von Seoul, Hostess in einer Kneipe gewesen sein. Man fühlte sich in seinen Annahmen bestätigt und meinte, dass es gar nicht anders sein könnte. Man wusste zwar nicht, wohin der Kerl ging und was er dort machte, aber

dass er manchmal das Haus verließ und drei, vier Tage nicht zu sehen war, dahinter musste doch irgendetwas stecken. Er ging sicher weg, um irgendwo etwas auszuhecken. Wie die drei Menschen von dem Fahrradladen und dem Gasthaus, das den ganzen Tag schlecht besucht wurde, leben konnten, wusste man wirklich nicht. Und wie das Frauenzimmer als Ehefrau angezogen sei. Warum habe sie nur noch solche Stoffstücke als Verschönerung an, sie könne auch gleich ganz nackt herumlaufen.

Von da an begannen die Leute von Unchi, Yong-Tae auszuweichen. Es kamen auffallend wenige Leute, die ihm Fahrräder zur Reparatur brachten. Und es wurde auch selten, dass die jungen Frauen des Ortes Hyong-Suk besuchten. Aber Yong-Tae und Hyong-Suk und auch die Tante verhielten sich nicht anders als früher, ob nun Kunden kamen oder nicht, die beiden Geschäfte wurden geöffnet, ob sie Freunde hatten oder nicht, ob sie gegrüßt wurden oder nicht, sie gingen im Dorf umher. Abgesehen von den stürmischen Liebesnächten lebten sie nicht besonders laut. Die Tage vergingen, die Monate verstrichen, und die Leute im Ort vergaßen allmählich die Gerüchte, derentwegen sie sich von ihnen fern hielten.

3

Der Dienst tuende Polizist Kwon war außer sich, als sieben Polizisten in aller Herrgottsfrühe in seine Station hineinstürmten. Vier waren aus Seoul, und drei aus Chonju. Er hatte nicht mal Zeit, ganz wach zu werden, ihr Drängen ließ ihm keine Wahl, und so führte er sie, ohne zu wissen, worum es ging, aber in dem Gedanken, dass Yong-Tae wohl etwas angestellt hätte, wie verlangt zum Unchi-Gasthaus. Ganz anders als bei ihrem vorherigen aufdringlichen Gehabe waren die Polizisten sehr vorsichtig und sehr umsichtig, als sie in der Nähe des Gasthauses angekommen waren. Zwei gingen vor dem Gasthaus, zwei vor dem Fahrradladen, zwei in der Gasse hinter dem Haus und einer neben dem Fenster in Deckung, dann befahlen sie dem Schutzmann Kwon, an der Tür des Fahrradladens anzuklopfen.
Der Tag brach gerade an. In der Ferne krähten Hähne, bellten Hunde. Fleißige Spatzen flogen auf den Feldern und Bergen herum, um Futter zu suchen. Der Himmel, dessen Saum ganz von Wolken bedeckt war, schaute mürrisch auf sie hinunter. Der Polizist Kwon begann, an die Ladentür zu klopfen.
„Yong-Tae, bist du da? Komm bitte einen Augenblick raus!“
Von innen kam keine Antwort. Es war auch niemand zu bemerken. Seltsam! Der Laden hatte eine

neue, mit Blech verkleidete Tür, und obwohl das laute Klopfen an diese Tür bei Tagesanbruch durch den ganzen Ort geklungen war, dachten weder Yong-Tae noch Hyong-Suk noch die Tante daran, die Tür zu öffnen. Dennoch drängten die Polizisten den Schutzmann Kwon, weiter an die Tür zu pochen. Wie lange ging es wohl so? Plötzlich war Yong-Taes Stimme aus dem Laden zu hören.

„Ich bin Yong-Tae. Wer da gekommen ist, weiß ich schon. Sie sind doch Kommissar Lee von der Kwanak-Polizeiwache, nicht wahr?"

„Nein, ich bin Schutzmann Kwon."

„Reden Sie keinen Quatsch! Kommissar Lee, kommen Sie bitte hierher, reden Sie ein Wort mit mir!"

Kommissar Lee, der in der Nähe gestanden hatte, griff ein.

„Ja, ich bin's, Han Yong-Tae. Komm nur raus, ohne Widerstand zu leisten, ich werde auch ein günstiges Vernehmungsprotokoll für dich schreiben."

„Jetzt habe ich mich noch nicht gewaschen und auch noch nicht angezogen. Und wo ich einen weiten Weg habe, muss ich noch mit meiner Frau sprechen. Geben Sie mir eine Viertelstunde! Dann komm ich raus. Liefern Sie dem Ort kein Schauspiel, gehen wir still vor. Wenn nicht, dann habe ich auch meine Methode. Wollen wir handgreiflich werden? Geben Sie mir nach? Oder wollen Sie nicht?"

Kommissar Lee sah auf seine Armbanduhr und antwortete: „Gut, fünfzehn Minuten. Aber nicht länger.“ Trotz dieser Worte wies Lee die Polizisten in der Gasse durch Handzeichen an, sehr gut aufzupassen. Etwa zehn Minuten waren vergangen. Weil er seine Neugier nicht unterdrücken konnte, fragte Kwon Kommissar Lee, was der Kerl denn verbrochen habe. Der legte wohl keinen besonderen Wert darauf zu antworten. Aber als er dennoch gerade den Mund aufmachen wollte, erscholl aus der Gasse der Ruf „Hier ist er, hier!“ Schnelle Laufschritte waren auch zu hören und ebenfalls, dass etwas gegen die Wand oder auf den Boden schlug. Alle Polizisten rannten in diese Richtung, auch Kwon rannte gedankenlos hinter ihnen her. In dem Augenblick, wo Kwon sah, was sich in der Gasse abspielte, hielt er inne und bereute, so schnell herbeigelaufen zu sein. Mit der Axt in einer Hand stand Yong-Tae mitten auf der Gasse. Aus seinen Augen sprühten blaue Flammen hervor. Kwon erlebte es zum ersten Mal, dass die Augen des Menschen so furchtbar funkeln können. Die beiden Augen Yong-Taes glichen denen eines tollwütigen Hundes. Ja, genau. Einmal hatte Kwon solche Augen schon gesehen. Es war an den heißen Hundstagen des letzten Jahres, als man den Hund geschlachtet hatte. Ein Freund glaubte der Redensart, dass das Fleisch besonders zart und schmackhaft sei, wenn der Hund durch viele Schläge getötet werde, und hatte extra einen Mann,

der den Hund schlagen sollte, bestellt und bezahlt. Der Mann hängte den Hund an einem Kakibaum auf, und kaum hatte er den Schlagstock ergriffen, da spuckte er in die Hände und fing an, unbarmherzig zuzuschlagen. Der Hund winselte erbärmlich. Aber kurz vor seinem letzten Atemzug wand sich der Hund noch einmal und heulte aus vollem Halse, lang und entsetzlich wie Wolfsgeheule quoll es heraus. Da loderten die Augen des Hundes so blau, wie die Funken, die beim Schweißen von einem Eisenstück sprühen. Genau so waren die Augen von Yong-Tae. Kwon schauderte es. Der Mensch war auch nur ein Tier.
Zwei Polizisten standen hinter Yong-Tae, die anderen fünf standen vor ihm. Sie hielten Gaspistolen in der Hand, aber sie konnten sich nicht gleich auf ihn stürzen, sie zögerten noch.
„Ich habe gar nichts verbrochen, lasst mich in Ruhe! Ich werde fortgehen. Man darf niemanden, der ruhig lebt, überfallen und stören."
Yong-Tae schrie das laut. Wieder fingen die Hunde im Ort zu bellen an. Kommissar Lee ging nach vorn, Yong-Tae tat einen Schritt zurück und ließ die Axt in der Luft niedersausen.
„Weiche zurück! Sonst geht dein Schädel zu Bruch."
Dass die Polizisten einen Schritt zurückwichen, sah Kwon, und Kommissar Lee tat das Gleiche, er blieb aber sofort wieder stehen und sagte:

„Zunächst gehen wir doch nur bis zur Polizeistation. Dort vernehmen wir dich. Bring nur ein Alibi bei, dann stellt sich doch heraus, dass du es nicht gewesen bist.“

„Wenn ich sage, dass ich nichts getan habe, dann glauben Sie es doch. Haben Sie mich lügen sehen, Kommissar Lee? Halten Sie keinen Unschuldigen auf, verschwinden Sie! Ich werde irgendwo hingehen und ruhig leben oder einfach sterben. Auf eurer dreckigen Welt, da möchte ich nicht mehr leben. Gaspistolen? Schießen Sie doch mal! Kommissar Lee, wissen Sie denn nicht, was ich für ein Mensch bin? Wenn Sie mit dem Ding auch auf mich schießen, so fang ich doch an zu strampeln, und dabei gehen vielleicht zwei oder drei Schädel zu Bruch. Wenn nicht, einen fertig zu machen, das ist doch auch schon genug.“

„Sag das nicht so offen heraus, junger Mann!“, schrie Lee zurück.

„Ich hab auch keine Lust, so etwas zu tun. Warum beschuldigen Sie denn einen Unschuldigen?“

Kommissar Lee redete nun beschwichtigend wie zu einem Kind.

„Deshalb wollen wir dich doch vernehmen. Hab ich nicht gesagt, wir sind gekommen, um dich zu vernehmen, nicht um dich gefangen zu nehmen?“

„Kommt man zur Vernehmung mit so ’ner Masse von Leuten?“

„Sieh dir doch an, wie du dich jetzt anstellst. Können ein oder zwei Mann mit dir fertig werden?"

„Haben Sie gesagt, dass Sie wirklich nur eine Vernehmung machen wollen und dann wieder gehen?"

„So ist es."

„Wirklich?"

„Das sage ich doch."

Yong-Tae wollte sich noch einmal vergewissern.

„Das sagen Sie doch von Mann zu Mann!"

„Du kennst wohl nur Betrug!"

Aus Yong-Taes Augen sprühten die Funken, und er starrte Kommissar Lee lange drohend an. Sein Gesicht verzerrte sich. Als die hellblauen Funken schließlich verschwanden, breitete sich an ihrer Stelle eine abgrundtiefe Traurigkeit aus, so tief und so dunkelblau, wie der Himmel, an dem gerade der Tag heraufzog.

„Gut. Drücke ich mal ein Auge zu und lasse ich es darauf ankommen."

Yong-Tae schlug die Axt mit aller Kraft in den Boden, sodass ihr Griff noch bis zur Hälfte im Boden versank. Im selben Moment fielen die zwei Polizisten hinter ihm über ihn her und schossen mit ihren Gaspistolen, gleichzeitig griffen ihn auch die Polizisten vor ihm an und brachten ihn zu Fall. Gerade zog ein Polizist die Handschellen heraus und wollte sie Yong-Tae anlegen. Da brauste jemand wie der Wind heran, wirklich mit der Kraft des Windes,

schob Kwon und Kommissar Lee beiseite, ging auf den Polizisten zu und nahm ihm die Handschellen weg.
„Ihr Saukerle, was macht ihr denn hier, Mistkerle, umlegen sollte man euch!"
Als er sah, wer das war, war Schutzmann Kwon noch einmal höchst erstaunt. Es war niemand anders als die Frau aus Namwon, Yong-Taes Tante. Gnadenlos wurde Kommissar Lee von ihr am Genick gepackt, und er strampelte würdelos, um sich aus ihren Händen zu befreien. Aber er war sowohl an Größe als auch an Kraft kein Gegenspieler für diese Frau. Was ihn aus ihren Händen befreite, waren weder seine Kraft noch die Kraft oder die Gaspistolen der anderen Polizisten, die sich abquälten, weil es schon über ihre Kräfte ging, nur mit Yong-Tae fertig zu werden. Es war Yong-Tae selbst.
„Tante, Tante, hör auf, bitte!"
„Wo behandelt man denn einen Menschen so? Ihr Kerle werdet noch aus Versehen einen umbringen. Ihr sollt euer Versprechen halten, wenn ihr gesagt habt, dass ihr ihn ordentlich mitnehmt."
„Tante, so gehen alle vor. Tante, lass den Mann los. Loslassen! Schnell! Unsereinem geht es immer so."
Die Frau ließ den Kommissar immer noch nicht los, sie keuchte aber und starrte ihn drohend an.
„So ist es immer. In allen Gesetzbüchern steht, dass man so einen wie mich gefangen nehmen muss."

Erst jetzt gab die Tante den Kragen Lees frei. Er rieb sich den Hals und starrte die Frau an. Als ein Polizist „Handschellen, Handschellen" rief, hob er sie auf, sie waren der Tante vor die Füße gefallen, und reichte sie ihm herüber. Der Polizist ließ sie um Yong-Taes Handgelenke klicken. Aber bevor die Polizisten ihn aufrichten konnten, sprang er mit einem Satz hoch, als ob er nur hingefallen wäre und den Staub abschütteln müsse, und die Polizisten fielen wie die Blätter eines großen Baumes einer nach dem anderen von ihm ab.

„Ich komme zu dir, Yong-Tae, ich komme dich besuchen."

Mit Tränen in den Augen rief die Tante das.

„Nicht nötig, Tante, ich komm bald raus."

Ein Polizist war wütend geworden und zur Tante hingegangen, um ihr irgendetwas zu sagen, aber Kommissar Lee stieß ihn von hinten weg. Der Polizist starrte die Frau mit bösen Blicken an, die aber bemerkte das gar nicht, weil sie ganz damit beschäftigt war, Yong-Tae nachzusehen, der die Gasse verließ, von den Polizisten in den Rücken gestoßen.

Draußen vor der Gasse standen einige Leute aus dem Ort und sahen zu, vor ihnen stand Hyong-Suk. Über dem Nachthemd trug sie einen roten Morgenmantel, etwas, das die Leute von Unchi zum ersten Mal zu Gesichte bekamen. An ihren kleinen

Füßen trug sie die ölverschmierten Sportschuhe von Yong-Tae, die beinahe so groß waren wie Flugzeugträger. Mit gekreuzten Armen stand sie da. Ihr Gesicht war ausdruckslos. Ohne Worte schaute sie Yong-Tae an, nur Yong-Tae, als ob sie nur ihn allein sähe, herausgeschnitten aus dem Ganzen, als ob die Polizisten und die anderen Leute gar nicht vorhanden wären. Als Yong-Tae sie entdeckte, trat wieder die tiefblaue Traurigkeit in seine Augen. Zuerst sprach er seine Tante an: „Tante, bitte kümmere dich um meine Frau!"

Und dann versicherte er Hyong-Suk: „Ich bin bald wieder da."

Die sagte nur: „Ich hasse das alles."

4

Yong-Tae konnte nicht schnell zurückkommen. Er wurde von der Gasse in die Polizeiwache und dann über Chonju[1] nach Seoul transportiert. Hyong-Suk und die Tante gingen ihn einmal im Monat besuchen. Und nachdem Yong-Tae ins Gefängnis von Chonju verlegt worden war, besuchten sie ihn dort. Jedes Mal hatte Hyong-Suk einen Minirock an, der nicht mehr kürzer hätte sein können, und eine Bluse, die Arme und Busen so offen zeigte, dass man sie nicht noch mehr entblößen konnte, und sie trug

Schuhe mit hohen Absätzen, die nicht mehr höher hätten sein können.
Natürlich wurde das Fahrradgeschäft geschlossen. Aber das Unchi-Gasthaus war wie in den letzten zwanzig Jahren geöffnet, und die Gäste waren immer noch an zehn Fingern abzuzählen. Im Ort waren alle möglichen Gerüchte im Umlauf. Yong-Tae sollte zwei Menschen ermordet haben, nein, nicht zwei, sondern sieben, beim Töten hätte er sie mit der Axt zerstückelt, etwa zwanzig junge Frauen hätte er vergewaltigt, Kinder hätte er getötet, er würde ganz bestimmt hingerichtet werden, so hieß es. Auch nachdem er wegen des schweren Verdachts auf Raub und Diebstahl zu drei Jahren Gefängnis verurteilt und ins Gefängnis von Chonju eingeliefert worden war, wollten die Gerüchte nicht verstummen, und die Leute von Unchi dachten alle, dass er ewig nicht wieder auf freien Fuß kommen wird. Aber weder Hyong-Suk noch die Tante machten sich etwas aus solchen Gerüchten. Hyong-Suk verhielt sich ganz ungezwungen und gar nicht anders als früher, als Yong-Tae noch nicht inhaftiert war. Täglich ging sie mit ihren nackten Gliedmaßen müßig durch den Ort spazieren, sie ging auf den Markt, summte Lieder vor sich hin, pfeifend ging sie auch außerhalb des Ortes auf den Feldern und Bergen spazieren. Auf dem Rückweg kaufte sie genau wie früher zwei Dosen Bier. Aber nun konnte sie nicht mehr auf der

Straße stehen und mit Yong-Tae zusammen lachen, reden und Bier trinken. So holte sie einen kleinen Stuhl heraus und setzte sich vor den Fahrradladen, der inzwischen wieder zur Rumpelkammer geworden war. Ihre schlanken aufreizenden Beine zeigte sie ungeniert, so ließ sie sich von den Männern des Ortes betrachten und trank dabei über eine lange Zeitspanne hin ganz, ganz langsam das Bier.

Die Leute im Ort hatten keine Ahnung, wovon Hyong-Suk und die Tante überhaupt lebten. Das Gasthaus ging nicht gut, und Hyong-Suk hatte auch keinen Verdienst. Aber Hyong-Suk ging manchmal mit der Tante zusammen zum Markt, von Zeit zu Zeit kaufte sie in der Parfümerie Nagellack, Make-up, Parfüm und Lippenstifte, gelegentlich kaufte sie Strümpfe und Unterwäsche. Und in der Verkaufsstelle für Daewoo-Elektrogeräte in Unchi kaufte sie sogar eine neue Waschmaschine für sechs Kilo und eine elektrische Nähmaschine. Und als sich die Familie von Suni, die in der Nachbarschaft lebte, Geld leihen wollte, da ließ die Tante sich zum Beispiel gar nicht schriftlich geben, bis wann man das Geld zurückzahlen wollte, beziehungsweise bis wann das Geld zurückgezahlt werden musste. Sie lieh der Familie keine geringe Summe, und wenn ein Bettelmönch kam und seinen hölzernen Gong zu schlagen anfing, gab sie ihm eine volle Schüssel Reis in seinen Sack.

Vielleicht waren deshalb neue Gerüchte in Umlauf geraten. Sie lauteten so: Yong-Tae sei in das Haus eines Wirtschaftsriesen eingebrochen und habe eine ungeheure Summe Bargeld geraubt. Dieses Geld nun bewahre er irgendwo in einem Versteck auf, das nur er selbst und Hyong-Suk kannten, und vielleicht noch die Tante. Yong-Tae sitze zwar im Gefängnis, und das Geld habe er nur durch Einbrüche ergattert, aber sie seien steinreich. Wenn Yong-Tae nur lebend aus dem Gefängnis herauskomme, dann könnten die drei den Rest ihres Lebens behaglich in Wohlstand und Bequemlichkeit verbringen. Es sei doch klar, dass die junge, schöne und schlanke Hyong-Suk keinen Begriff von Keuschheit besitze, wo sie doch in Bars gearbeitet habe. Warum also warte sie hier in der finsteren Provinz untätig auf einen Menschen wie den Yong-Tae, sie könne doch irgendwo hingehen und sich von jemandem als Geliebte aushalten lassen. Sie bleibe nur wegen der ungeheuren Menge Geld hier. Vielleicht hatte sie in den Feldern oder auf dem Kreuzberg, wo sie alle drei Tage herumstolzierte, ein Loch gegraben und das Geld darin versteckt, wer weiß …

Dann, an einem Frühlingstag des nächsten Jahres wurde der Fahrradladen, der nach der Verhaftung Yong-Taes wieder zur Rumpelkammer geworden war, erneut aufgeräumt und sauber gemacht. Und als an der Tür ein Zettel hing: „Gardinennäherei.

Tiefstpreise“, da waren alle maßlos erstaunt. Gardinennäherei? Sollte die faule Hyong-Suk sich entschlossen haben, vom Nähen zu leben? Wenn nicht, wollte die Tante das Gasthaus aufgeben und eine Näherei anfangen? Weder das eine noch das andere schien glaubwürdig. Als man den Zettel an der Tür der Nähstube genauer betrachtete, sah man, dass unter dem in großer Schrift geschriebenen Wort GARDINENNÄHEREI noch etwas in kleiner Schrift stand, nämlich: *In allen Größen für alle Fenster und Schiebetüren zum Selbstkostenpreis.*

Die Mutter von Min hatte gerade ihr Haus renovieren lassen, sie fasste sich ein Herz und ging halb aus Neugier und halb aus dem Verlangen nach neuen Dekorationen in den Laden hinein. Hyong-Suk, immer noch so bekleidet, dass ihre vier Gliedmaßen nackt waren, saß an der Nähmaschine und nähte irgendetwas. Mins Mutter erkundigte sich nach den Preisen. In ihrem matten Ton sagte Hyong-Suk, dass man besser selbst einen Stoff mitbringe, der einem gefalle, denn ihr Laden sei nur klein und bescheiden, und sie könne nicht so viel zur Auswahl anbieten. Sie nehme nur den Arbeitslohn. Der Lohn sei je nach der Größe der Gardinen etwas anders, aber sie mache es sehr billig. Für einen einfachen Vorhang für ein normalgroßes Fenster nehme sie 3000 Won, für einen Faltenvorhang 5000. Das war tatsächlich billig. Mins Mutter war zwar noch unschlüssig, aber sie wollte doch auch ihr Haus schön haben, so ging sie schließlich mit Hyong-Suk in das Stoffgeschäft und kaufte Gardinenstoff. Am selben Tag noch ging Hyong-Suk mit einem Metermaß zu den Mins, vermaß alle Fenster und ging dann nach Hause. Und nach zwei Tagen wurden an allen Fenstern bei Mins schöne, belebende Vorhänge angebracht. Als Hyong-Suks Nähkunst sich herumsprach, bestellte diese und jene Familie Vorhänge bei ihr. Es kamen auch immer mehr Leute, die Kleider enger oder weiter gemacht oder neue Kleider genäht haben wollten. Kaum drei Monate waren vergangen, da wimmelte es in der Nähstube von Frauen aus dem Ort. Hyong-Suk sprach in ihrem matten Ton, der einem nach einer Weile die Augenlider schwer und den ganzen Körper schlapp werden ließ und einen zum Einschlafen brachte. Während sie allerlei erzählte, nähte sie langsam und bedächtig. Wenn man eine Weile wartete, dann lagen schließlich unter der Nähmaschine die fertigen Vorhänge und Kleider.

Allmählich ging bei den Frauen die Meinung um, Hyong-Suk sei eigentlich zu bedauern. Warum nur hänge sie bei ihrer Schönheit, ihrer guten Figur und ihrem Talent an solch einem Mann wie Yong-Tae? Ob der nun Raubmorde oder Lustmorde begangen hatte, was hatte Hyong-Suk denn Schlechtes getan? Die Frauen fingen an, ungeniert in der Nähstube ein- und auszugehen. Wer nichts zu tun hatte, spielte in einer Ecke des Ladens um Wassermelonen, Schnaps oder Eiskrem Karten, man bestellte Essen und aß es dort gemeinsam. Und als die Mütter anfingen, in der Nähstube ein- und auszugehen, kamen mit ihnen auch die Kinder.

Eines Tages, als Mins Mutter in einer Angelegenheit nach Kurye fahren musste, aber niemand bei ihr zu Haus war, brachte sie ihren Sohn zu Hyong-Suk in den Laden. Hyong-Suk nahm Min auf ihren Spaziergang mit.

„Wir machen jetzt einen Ausflug, Min."

In ihren langsamen, von keiner Eile und von keiner Arbeit in der Welt beschleunigten Schritten ging sie mit wehenden Haaren über die in Frühlingslicht getauchten Felder. Min hopste neben ihr her. Sie sang vor sich hin:

„Weit hinterm Berg im Süddorf,
wer wohnt denn da,
dass jedes Jahr der Frühlingswind
von Süden kommt?
Weit hinterm Berg im Süddorf,
wer wohnt denn da,
dass jedes Jahr der Frühlingswind
von Süden kommt?"

Den Rest des Liedes kannte sie wohl nicht, denn sie wiederholte immer nur diese Zeilen. Auch Min sang ihr nur diesen Teil immer wieder nach. Zum

leuchtend blauen Frühlingshimmel flog zwitschernd eine Lerche hinauf. Dazu erzählte Hyong-Suk dem Kind etwas.
„Die Lerche fliegt jetzt nach Hause. Lerchen sind schon recht merkwürdig. Auf dem Heimflug tänzeln sie immer. Sie freuen sich wohl, dass sie nach Hause fliegen. Schau sie dir an! Schwingt sie nicht immer seitwärts? Wenn sie ihr Nest verlassen, fliegen sie nicht so. Wenn du dein Haus verlässt, möchtest du doch auch gern wieder zurückkehren, nicht wahr, Min? Den Vögeln geht es genauso."
Dass Hyong-Suk sich am Ende etwas unklar ausdrückte und dass ihre Augen sich kühl verschleierten, konnte Min natürlich nicht merken.
Min erzählte allen seinen Freunden ganz stolz, dass er mit Hyong-Suk einen Ausflug gemacht hatte und dass sie ihm Lieder und Vogelnamen beigebracht habe. Daher baten die Kinder nun, jedes Mal, wenn sie Hyong-Suk zu Gesicht bekamen, flehentlich um einen Ausflug. So wurden Hyong-Suks Spaziergänge schließlich zu Ausflügen mit den Kindern.
Die Kinder wussten bald, dass Hyong-Suk alle Vogelnamen kannte. Sie nannte ihnen die Namen aller Vögel, die aufflogen oder die unsichtbar im Wald zwitscherten. „Das ist ein Mullesae, ein Spinnradvogel. Ihr wisst wohl nicht, was ein Spinnrad ist. Ich weiß es auch nicht genau. Es muss wohl eine Art Maschine sein, mit der man früher Fäden gemacht

hat. Jedenfalls schwingt der Vogel beim Singen seinen Schwanz immer von einer Seite zur anderen, deshalb hat man ihn so genannt. Da ist eine Buntdrossel. Ihre Federn haben acht Farben, rot, gelb, blau … sehr schön. Ach, lange habe ich sie nicht mehr gesehen. Ich liebe sie sehr. Aber nur zweimal konnte ich sie bis jetzt sehen. Das dort ist ein Fink. Seht mal! Tiritiri tiritiri! Da ist eine Ralle … Wisst ihr, wieso die Vögel am Himmel fliegen? Eigentlich stammen die Vögel von dort drüben jenseits des Himmels. Dort ist ihre Heimat. Um dorthin fliegen zu können, üben sie Tag für Tag. Und so können sie eines Tages tatsächlich fliegen. Aber vor lauter Übereifer haben sie ganz vergessen, dass sie in die Heimat zurückfliegen müssen. Daher fliegen sie nun nur zum Himmel hoch und kommen wieder runter, fliegen wieder hoch … Seht den Vogel da auf dem Ast. Denkt der nicht an etwas? ‚Wo soll ich hin? Meine Heimat, wo ist die?' An so was denkt er."
Dass die Heimat der Vögel jenseits des Himmels ist, das konnten die Kinder natürlich nicht glauben, aber sie erinnerten sich später immer auch an diese Geschichte, wenn sie an Hyong-Suk dachten. Die Kinder erfuhren auch, dass Hyong-Suks Pfeifen, das den Gesang der Finken imitierte, dem echten Finkenklang zum Verwechseln ähnlich war, deshalb jauchzten sie dabei jedes Mal vor Freude. Die Kinder lernten auch das Lied, das Hyong-Suk sang.

„Weit hinterm Berg im Süddorf, wer wohnt denn da, dass jedes Jahr der Frühlingswind von Süden kommt …"
Den Kindern erzählte Hyong-Suk in ihrem matten Tonfall auch Märchen und alte Geschichten. Aber ihre Geschichten hatten des öfteren einen ungewöhnlichen Anfang und einen ungewöhnlichen Schluss. Denn weil sie die ursprüngliche Geschichte nicht mehr genau im Kopf hatte oder einen ganzen Teil davon vergessen hatte, gab es hier und da Lücken, die sie mit ihrer eigenen krausen Phantasie und mit seltsamen Vorstellungen füllte. Zum Beispiel: Im Märchen von Aschenputtel tauchten völlig unpassend die sieben Zwerge auf, im Märchen von Ontal, dem Törichten, kam ohne Zusammenhang Kojumong[2] vor und steckte dem Pferd eine Nadel in die Zunge, und das legendäre Schwert, das mitten im Felsen steckte und das von keinem noch so kräftigen Wesen auf der Welt herausgezogen werden konnte, das hat der jugendliche König Yuri[3] in einem Zug herausgezogen. „Es war einmal ein junger Mann mit Namen Asadal und ein junges Mädchen mit Namen Asanyo. Sie liebten einander sehr. Aber als Asadal an der Pagode[4] arbeitete, musste er sein Haus für lange Zeit verlassen …"
So fing sie die Geschichte an, um sie dann so zu beenden: „Asadal und Asanyo hatten in dieser Welt allzu viel zu erleiden, man ließ sie nicht so leben,

wie sie gern gelebt hätten. Sie sollten dieses tun und jenes tun, Arbeit gab es ohne Ende. Wenn sie sich trafen, hatten sie keine Zeit, sich zu lieben. Die Steuern waren hoch. Wie gut Asanyo auch nähen mochte, wie billig sie alles machte, so redeten die Leute doch schlecht darüber, dass sie die Frau von Asadal war … Eines Nachts trafen sich die beiden heimlich, sie schauten in einen Teich hinein. Im Teich glitzerte der Mond, im Teich spiegelten sich die Wolken, im Teich sah alles schön und glücklich aus. Es war Asanyo, die zuerst sagte: Lass uns dort hineingehen und dort leben! Auch Asadal glaubte, dass es im Teich wirklich schön sei. In dieser Welt zu leben, das war nämlich zu schwer. Sie müssen sehr gelitten haben. Sie liebten sich sehr, aber sie konnten sich nicht treffen. Und wenn sie sich mal treffen konnten, dann mussten sie sich gleich wieder trennen. Jederzeit konnte man irgendwo gefangen genommen werden. Als Erwachsene werdet ihr das auch noch erfahren, nämlich wie schmerzlich es ist, zu tun, was man nicht tun möchte, sich von dem zu trennen, den man liebt. So sind die beiden Hand in Hand in den Teich hineingegangen. Da begrüßte sie eine Schildkröte: ‚Willkommen hier, der Drachenkönig erwartet Sie schon. Wenn man hier eintritt, muss man zuerst seine Leber opfern.' Mit diesen Worten führte sie Asadal und Asanyo in den Palast hinein. Der Drachenkönig aber war krank. So haben Asadal und Asanyo ihre Leber entfernt, sie zubereitet und dem Drachenkönig als Heilmittel dargeboten. Er wurde ganz gesund. Danach liebte er die beiden sehr, und von da an lebten sie im Palast am Meeresgrund sehr, sehr glücklich und gut."[5]

In ihren Geschichten zitierte Hyong-Suk auch hier und da Sprichwörter. Und genau so wie beim Erzählen fügte sie, wenn ihr Gedächtnis sie im Stich ließ, beliebig etwas zu den Sprichwörtern hinzu, so dass Anfang und Ende nicht zusammenpassten oder mehrere Sprichwörter miteinander vermischt wurden. Zum Beispiel: „Selbst der Aufseher von Pyongyang möchte man nicht sein, wenn die Strohmatte gelegt wird." Oder: „Man tobt sich nicht wie gewohnt aus, wenn man keine Lust dazu hat, lautet eine Redensart."[6]

So erzählte sie. Manches fanden die Kinder zwar merkwürdig, aber mit ihrer kindlichen Anpassungsfähigkeit und Beweglichkeit gewöhnten sie sich an Hyong-Suks Stil. Aber was die Kinder noch lieber als solche Erzählungen hörten, das waren die Reden über Sexualität, von der Hyong-Suk unerwartet und auf seltsame Weise, aber für ihre Verhältnisse sehr ernst sprach.

„Wenn ein Mann eine Frau lieb gewinnt, wird sein Schwanz schon steif, wenn er in die Nähe dieser Frau kommt. Bei der Frau gibt es auch so etwas

Ähnliches wie den Schwanz, aber es sieht schon anders aus. Und wenn die Frau nur in der Nähe des geliebten Mannes ist, dann wird das bei der Frau wie … wie soll ich sagen? Jedenfalls irgendwie …"
Die Kinder schwätzten durcheinander. Ein Kind sagte, es habe gesehen, wie Vater und Mutter nackt zusammengelegen hätten. Ein noch naiver Junge meinte, Vater und Mutter hätten sich gerauft. Ein anderer Junge hörte mit leuchtenden Augen und gerötetem Gesicht zu, als ob er schon alles wüsste, was es da zu wissen gibt.
Vielleicht, weil sie Vertrauen zu Hyong-Suk gefasst hatten, begannen Hyo-Sop und einige andere Kinder Fragen zu stellen:
„Tante, haben Sie wirklich das Geld, das der Onkel gestohlen hat, irgendwo im Berg versteckt?"
„Tante, haben Sie wirklich in einer Bar gearbeitet? Gibt es in den Bars in Seoul wirklich solche Shows, wo man Feuer schluckt und eine große Schlange in ein Ohr hineinsteckt und sie beim anderen wieder herausholt?"
„Wie viele hat der Onkel denn umgebracht? Haben Sie auch schon mal einen umgebracht?"
„Womit haben Sie getötet?"
Es regnete nun solche Fragen.
„Tante, wie oft haben Sie mit dem Onkel Yong-Shik geschlafen? Sie sollen ein Kind von ihm gekriegt haben und es weggemacht haben?"

Die Kinder wussten alle Gerüchte, die bei den Erwachsenen in Umlauf waren. Hyong-Suk erschrak. Es verschlug ihr die Sprache, und nur mit Mühe gewann sie die Fassung wieder. „Ich habe keine Lust zu solchen Gesprächen."

So antwortete sie. Tatsächlich war Yong-Shik nach der Verhaftung Yong-Taes manchmal in den Ort gegangen und bei Hyong-Suk vorbeigekommen. Er brachte Reis, Obst oder Gemüse. Ein paar Gläser Schnaps trank er auch, und einmal hatte Hyong-Suk mit getrunken. Auf einmal war Yong-Shik zudringlich geworden und wollte sie umarmen. Aber als die Tante das sah, sprang sie heraus, stürzte das Trinktischchen um und warf Yong-Shik auf die Straße. Der musste danach eine Zeit lang hinken. Aber das Gerücht war bis zu den unwahrscheinlichsten Stellen vorgedrungen. Doch, eine noch erstaunlichere Frage kam erst danach: „Schlafen Sie wirklich mit der alten Tante vom Unchi-Gasthaus nackt in einem Bett?"

Es stimmte, dass solche Gerüchte in Unchi im Umlauf waren. Sogar die Kinder wussten alle diese Gerüchte. Nur Hyong-Suk und die Tante hatten nichts gewusst. Hyong-Suk war sehr erschrocken. Zuerst konnte sie nicht begreifen, was mit der letzten Frage gemeint war. Einige Zeit verstrich. Die Kinder warteten auf eine Antwort und schauten zu Hyong-Suk hin. Ihr wurde klar, was das Warten

und die Blicke der Kinder bedeuteten, und im nächsten Augenblick kam Ärger hoch. Aber sie redete sich heraus und antwortete genau wie zuvor: „Ich habe keine Lust zu solchen Gesprächen."
Glücklicherweise oder unglücklicherweise dauerten diese Ausflüge mit den Kindern nicht lange. Hyo-Sops Vater hatte erfahren, dass sein Sohn Ausflüge mit Hyong-Suk machte und dabei seltsame Geschichten hörte, und zankte nun mit seiner Frau: „Was? Die Barnutte macht Ausflüge mit unserem Sohn? Bist du verrückt? Was machst du denn zu Hause? Wo man nicht weiß, was das Frauenzimmer den Kindern beibringt. Das soll in Ordnung sein? Was ist daran in Ordnung?"
Was Hyo-Sops Mutter sich hatte anhören müssen, das war nicht so ganz verkehrt. Sie teilte den anderen Frauen mit, was ihr Mann gesagt hatte. Man stimmte darin überein, dass der Vater schon Recht haben könnte. So durften die Kinder nun keine Spaziergänge mehr mit Hyong-Suk machen, obwohl sie das gern weiterhin getan hätten.
Hyong-Suk aber war es lieber so. Sie hatte nun auch Angst vor den Kindern. Sie mochte den Ort nicht mehr. Sie mochte auch die Blicke und das Gemunkel der Leute nicht, die sie angafften. Den Ort hier, den wollte sie möglichst bald verlassen. Von nun an trank sie in der dunklen Schänke manchmal schon am Nachmittag mit der Tante Soju-Schnaps. Im

Gegensatz zu dem, was man sich erzählte, konnte Hyong-Suk nicht so gut trinken. Sie schaffte höchstens eine Flasche Bier. Dass sie die Bar verlassen und mit Yong-Tae zu leben begonnen hatte, lag in der Tat daran, dass sie nicht viel Alkohol vertragen konnte. Wenn sie anfing, Soju-Schnaps zu trinken, war sie schon vom zweiten Glas an beschwipst. Als sie einmal ein bisschen betrunken war, schlug sie der Tante vor, dass sie nach Australien auswandern und dort leben sollten.

„Tante, wenn er entlassen ist, gehen wir alle nach Australien. Lass uns in Australien leben! Dort soll man gut leben können. Dort kann man kostenlos studieren und ärztlich behandelt werden, die Häuser sind billig, überhaupt, alles soll billig sein. Weil ihre Vorfahren alle zum Tode verurteilt waren, sollen sie dort niemanden verachten. Dort kann mein Schatz auch leben, ohne verachtet zu werden. Die Polizei wird ihn auch nicht verfolgen. Wenn man alt geworden ist, wird man vom Staat versorgt."

Als die Tante fragte, wovon sie dort leben wollte, antwortete Hyong-Suk: „Darum brauchen wir uns keine Sorgen zu machen. Ich werde Vögel züchten. Einen Vogelhof wird es geben. In Australien soll es sehr viele schöne Vögel geben. Nicht nur das. Ich werde alle möglichen Vögel aus der ganzen Welt halten. Ich werde ein Vogelmuseum errichten, ich werde den Vögeln das Sprechen beibringen. Als

Kind konnte ich verstehen, was die Vögel gesungen haben. Jetzt verstehe ich es nicht mehr, aber früher habe ich es wirklich verstanden. Stundenlang habe ich einmal mit den Vögeln gesprochen. Spatz, Schwalbe, Turteltaube, Ente, Fink, Papagei, Specht, Ralle, Fasan, Taube, Star. Ich werde alle möglichen Vögel aus der ganzen Welt züchten. Denn es ist ein Vogelmuseum. Wenn ich viel Geld verdiene, werde ich eine Vogeluniversität und ein Vogelkundeinstitut gründen. In Australien hat man gleich das Meer, wenn man nur das Fenster aufmacht. Am Morgen kommen die Seevögel zum Fenster geflogen und grüßen einen. Mit Yong-Tae ist schon alles verabredet. Wenn er entlassen ist, braucht er nur einen Pass ausstellen zu lassen. Tante, lass dir auch einen Pass ausstellen. Dort heiratest du! Ich werde dir einen guten Mann aussuchen und dich mit ihm verheiraten. Wirklich. Ich werde dir einen so guten und ruhigen, mutigen und starken Mann wie meinen Yong-Tae aussuchen. Leben wir alle vier zusammen! Ich, ich kann die Szene nicht vergessen, die Szene, wie er den Polizisten in der Gasse sagte, er werde ihnen glauben, und die Axt mit aller Kraft in den Boden schlug. Du weißt doch, wie tief die Axt im Boden steckte, so tief, dass drei Männer sich abwechselnd damit abmühten und sie erst nach einigen Stunden Hacken und Schaufeln herauszogen. Das ist es eben, das ist es eben. Wie tief hinein man auch schlagen mag, es nützt nichts. Wie sehr man auch mit aller Kraft zuschlägt, in dieser Welt bringt es nichts. Hier bringt es nichts. Das Zuschlagen bringt nichts. Nichts. Es kostet nur Kräfte. Wer seine Kräfte einsetzt, leidet nur. Wer seine Kräfte einsetzt, der ist einsam. Nur er ist ein Verrückter, nur er ist ein Dummkopf. Man braucht keine Kraft aufzuwenden. Nur so, nur so, nur so strampelt man, man strampelt doch nur, wie ein Ertrinkender im Wasser strampelt. Es muss schon immer so gewesen sein. Tante, kennst du die Geschichte von Asadal und Asanyo? Vor langer Zeit lebten Asadal und Asanyo. Tante, sie liebten sich, aber sie konnten überhaupt nicht leben. Sie erfuhren, dass die Welt in Wahrheit im Wasser ist ... die wahre Welt ist im Wasser. Weil diese Welt im Wasser ist, kann man nicht atmen. Das erfuhren sie. Atmen ... So sind sie ins Wasser gegangen, und dort haben sie sehr, sehr glücklich lange, lange gut gelebt, so erzählt man. Im Wasser. Diese Welt ist im Wasser, Tante."

Die Tante saß mit ihrem Riesenkörper sehr unbequem auf dem kleinen Holzstuhl, kein Wort konnte sie zu Hyong-Suk sagen, die ihr gegenübersaß, von ein paar Gläsern Schnaps betrunken war und Tränen vergoss, sie schaute sie nur an. Eine Weile, nachdem Hyong-Suk zu weinen angefangen hatte, hob sie langsam ihre raue Hand, die groß wie ein Topfdeckel war, und wischte ihr die Tränen von der Wange.

5

In dieser Nacht rief der Junggeselle Yong-Shik Hyong-Suk aus dem Haus. Sie wollte sich lediglich einmal an der Brust eines Mannes ausweinen, und so folgte sie ihm. Die beiden verließen den Ort und gingen zum Kreuzberg. Der Halbmond versteckte sich plötzlich in den Wolken und zeigte sein Gesicht nicht mehr. Etwas später war vom Berg eine Weile lang das Wehklagen einer zitternden Frauenstimme zu hören. Die Vögel erwachten davon aus dem Schlaf und flogen da und dort zum dunklen Himmel auf. Und als wieder einige Zeit verflossen war, war aus dem Dunkeln nun lange, lange eine leise weinende Stimme zu hören. Diese Stimme drückte alle Wesen im Kreuzberg nieder und ließ sie verstummen. Zur gleichen Zeit trank die Tante im Hinterzimmer der Gaststätte Schnaps aus der Flasche und wischte sich ihre lautlos fließenden Tränen mehrmals mit einem fleckigen Taschentuch ab.

6

Erst nach vollen drei Jahren wurde Yong-Tae entlassen. Mit einem Haarschopf wie ein Besen und einer schwarzen Mütze darauf ist er in Unchi angekommen. Frischen Mutes ist er mit einem Taxi dorthin gerast. In der Gasse hinter dem Haus mit Hyong-Suk und der Tante ist er aus dem Taxi gestiegen. In der Nacht konnten die Leute von Unchi nach langer Zeit wieder einmal die stürmische Liebesbegegnung von Yong-Tae und Hyong-Suk hören, die kein „Zimmersturm" war, sondern Himmel und Erde erbeben ließ. Und am anderen Morgen konnte man sich seit langer Zeit wieder einmal so begrüßen: „Das Liebesleben des Pärchens ist wirklich sehr stürmisch. Ich weiß nur nicht, warum die ganze Nachbarschaft deswegen aus dem Schlaf aufwachen soll."

Hyong-Suk hatte ihre Vorhang-Näherei zugemacht. Aber Yong-Tae machte den Fahrradladen nicht wieder auf. Yong-Tae und Hyong-Suk und manchmal auch die Tante, die fuhren nun öfter nach Seoul und nach Chonju. Wenn sie von Seoul zurückkam, trug Hyong-Suk jedes Mal viele Kaufhaustüten mit neuen Kleidern. Jedes Mal wenn sie von Seoul kamen, fingen auch Yong-Tae und die Tante an, ihr ländliches Aussehen vom Kopf bis zu den Füßen abzulegen. Es wirkte immer noch irgendwie ungeschickt, aber es dauerte nicht lange, und sie sahen nicht mehr wie Leute aus Unchi aus, sondern hatten sich in glänzende Seouler verwandelt. Innerhalb und außerhalb von Unchi verbreitete sich das Gerücht, dass Yong-Tae nach Australien auswandern werde. Wenn eine der Frauen aus dem Ort Hyong-

Suk fragte, ob das, was man sich erzähle, denn auch wahr sei, nickte sie frohen Mutes und fügte hinzu: „Die Tante wird auch mitgehen."
Immer noch wusch sich Hyong-Suk nach dem Aufstehen eine halbe Stunde lang und schminkte sich danach eine Stunde lang. Wenn sie dann zum Ausgehen angezogen war, stolzierte sie auf den nicht gerade langen Straßen in Unchi herum, und wenn sie jemanden traf, dem sie auch nur einmal begegnet war, senkte sie den Kopf einmal zur Seite und sagte: „Guten Tag!" Und wenn eine Frau, die von dem Gerücht noch nichts gehört hatte, einen Vorhang bestellen wollte, dann sagte sie ausnahmslos mit strahlendem Gesicht, als ob sie von einem Menschen spräche, der ruhmbedeckt in die Heimat zurückgekommen sei: „Mein Mann ist entlassen. Sobald die Pässe fertig sind, werden wir nach Australien auswandern, und die Tante nehmen wir auch mit."
Vielleicht könnte man sagen, dass diese Zeit für Hyong-Suk der Höhepunkt in Unchi war. Ihr Gesicht strahlte in großer Schönheit. Und wenn sie an manchen Tagen auf den Feldern oder im Berg spazieren ging, sah es wie in einem Zeichentrickfilm aus, wie die Vögel um sie herumflogen und ihr mit ihrem Gesang gratulierten und die Sonnenstrahlen ihren Glanz noch heller erscheinen ließen. Ihre nackten Arme und Beine, die allmählich an Glanz

verloren hatten, schimmerten wieder von neuem und waren frisch wie Weiden, in die im Frühling der Saft hochgestiegen ist. Wer auch immer das sah, reagierte darauf, die Frauen runzelten die Stirn und schnalzten mit der Zunge, halb aus Eifersucht und halb vor Erstaunen, und die Männer, denen manchmal Speichel aus dem Munde floss, schauten sich mehrmals nach ihr um.

Ihr Plan auszuwandern war nun zu einem Vorhaben geworden, von dem alle in Unchi wussten. Leise führten die Leute allerlei Gerede über sie im Mund. Die Zeit vergeht wirklich schnell. Drei Jahre sind schon vorbei. Das gestohlene Geld müssen sie tatsächlich irgendwo versteckt haben. Wie können sie sonst so aufgetakelt herumlaufen, wo sie doch keine Arbeit haben. Mein Gott, kann man überhaupt so sorglos leben, wenn man vom Geld anderer lebt? Ist Australien denn ein Land, das auch solche Diebe einwandern lässt? Kann es denn so ein Land auf der Erde geben? Aber, steht denn auf den Dollarscheinen drauf, dass sie gestohlen wurden? Mensch, Yong-Tae weiß noch nicht, dass seine Frau fremdgegangen ist und abtreiben ließ. Sag das nur nicht laut, mein Lieber! Wer weiß, was dieser Kerl dann für eine Schlägerei anfängt. Mann, Yong-Tae hat ja sicher viel Kraft, aber im Kopf hat er Stroh. Wie kann er so was nicht merken?

Als Hyong-Suk im Kreuzberg spazieren ging, begegnete sie einmal Yong-Shik. Für sie war das ein Zufall, für ihn nicht. Er hatte einige Tage im Kreuzberg auf ihr Kommen gewartet. Er wollte sie aufhalten, sich neben sie setzen und mit ihr sprechen. Aber Hyong-Suk sagte: „Ich darf das nicht, ich hab auch nichts zu sagen", und ging schnell weg. Auch im Ort war sie ihm beim Flanieren zweimal begegnet. Jedes Mal wandte sie den Kopf leicht weg und wich ihm aus, das Gesicht abgekehrt.

Aber als Yong-Shik zu ihnen nach Hause kam, konnte sie sich nicht abwenden. Yong-Tae empfing ihn herzlich und hielt ein Trinkgelage. Auch andere Freunde, ein Bauer und der Rinderhändler, waren noch dabei, und das ausgedehnte Trinkgelage dauerte bis weit in die Nacht hinein. Man sang, man schlug den Takt mit den Essstäbchen auf den Tisch, man tanzte.

Nach Mitternacht war die Stimmung sehr angeheitert, man lallte nun und benahm sich schließlich anzüglich. In dem Augenblick erschien plötzlich ein Störenfried. Es war niemand anders als die Tante. Sie stieß plötzlich die Zimmertür auf und stellte sich mit ihrem Riesenkörper drohend in die Mitte der Gaststube.

„Was für ein Unwesen treibt ihr hier so spät in der Nacht? Wollt ihr von den Leuten hier ausgestoßen werden? Macht, dass ihr wegkommt, aber schnell!" Mit diesen Worten warf sie die Männer hinaus.

Yong-Tae war sprachlos, dass die Tante etwas tat, was sie noch nie getan hatte. Jedenfalls war das Trinkgelage gestört und die Freunde zerstreuten sich in alle Himmelsrichtungen.
Ja, diese Zeit war wohl der Höhepunkt für Hyong-Suk. Schließlich waren die Pässe fertig, die Flugtickets waren bestellt, der Abreisetag war schon festgesetzt. Yong-Tae bestand auf einer Abschiedsfeier, obwohl die Tante ihn davon abhalten wollte und obwohl auch Hyong-Suk, die Feiern sonst über alles liebte, diesmal nicht gerne feiern wollte. In vier Tagen war es so weit, in vier Tagen stand der endgültige Abschied von diesem Land und den Landsleuten bevor. Yong-Tae rief die Freunde zum Feiern zusammen, Hyong-Suk und die Tante bereiteten das Essen vor und stellten Getränke vom Makkolli-Reiswein über Bier bis zum ausländischen Schnaps bereit.
Als Erster erschien Yong-Shik. Nach ihm kamen der Rinderhändler Tae-Ku, der Bauer Chae-Chan, der Treibhausgärtner Sang-Su und noch andere. Kaum war Tae-Ku, der gerne trank, eingetreten und hatte die Tante begrüßt, da sagte er: „Diesmal werden Sie doch unsere Feier nicht stören, oder?“
Er wollte eine Bestätigung von ihr. Aber sie wandte wortlos den Kopf weg. Dass über ihr Gesicht tiefe Sorgen wie schwarze Wolken hinweggezogen waren, nahm Hyong-Suk aufmerksam zur Kenntnis.

Plötzlich bekam sie Angst, dass die Tante etwas wusste, was sie gerne hatte verbergen wollen. Ihr Gesicht wurde glühend heiß. Ohne ein Wort zu sagen, drehte die Tante den gar gebratenen Peperonipfannkuchen mit einem Topfdeckel geschickt um. Hyong-Suk tat einen neuen Löffel vom dünnen Pfannkuchenteig in die Pfanne, dabei hatten die beiden denselben Gedanken. Wenn man heute friedlich durchkommt, klappt es. Nur heute muss man friedlich durchkommen … Mit einem forschenden Blick wollte Hyong-Suk den Gesichtsausdruck der Tante prüfen. Weiß sie das? Weiß sie das nicht?
Als ob sie die Gedanken von Hyong-Suk gelesen hätte, hörte die Tante plötzlich mit dem Braten der Pfannkuchen auf und murmelte ohne rechten Zusammenhang: „Mach dir keine Sorgen! Es wird schon nichts passieren.“
Hyong-Suk war so erschrocken, dass sie nichts erwidern konnte.
Die Tante briet eine Zeit lang wieder Pfannkuchen und murmelte dann ohne erkennbaren Grund: „Wenn wir überübermorgen weggehen, ist alles vorbei. Wir kommen nicht hierher zurück, und von hier kommt niemand dorthin.“
Die Feier im Zimmer kam in Schwung. Lieder, Taktschlagen mit den Essstäbchen, schlüpfrige Zoten, Flegeleien aus der Kindheit, die Geschichte,

wie sie in der Oberschule auf der Toilette geraucht hatten, vom Lehrer erwischt wurden und beim Weglaufen in die Jauchegrube gefallen waren …
Sowohl die Tante als auch Hyong-Suk hörten den Geschichten in gespannter Unruhe zu. Schließlich machte Yong-Shik den Mund auf. „Yong-Tae, verrate mir nur eins! Wo und wie hast du so eine schicke Braut aufgegabelt?“
Dass Hyong-Suk meinte, diese Worte hätten Dornen, lag vielleicht an ihrer übertriebenen Sorge. Yong-Tae lachte und erwiderte strahlend: „Ja, das weiß ich auch nicht. Langsam und stolz rückwärts schreitend hatte ich ein Mäuschen mit meinem Fuß getreten.“
„Auf so ein Mäuschen möchte ich auch gern mal treten.“
„Was ist denn gut, wenn man es mit Füßen tritt? Gutes gibt es anderswo genug.“
Tae-Ku mischte sich ein, beschwichtigte die Lage mit Zoten und überspielte so die Krise mit knapper Müh und Not.
Yong-Shik lachte nicht. Mit lodernden Augen starrte er Yong-Tae an. Wieder wurde der Kassettenrekorder angedreht, und zu den Liedern schlugen sie mit den Stäbchen den Takt, getanzt wurde auch tüchtig.
Draußen begann es zu nieseln, und die Tante schnalzte mit der Zunge. Wenn es sogar zu regnen

anfing, dann würde es noch schwieriger werden, die jungen Kerle nach Hause zu schicken.
„Aber im Dorf ist ein merkwürdiges Gerücht im Umlauf. Weißt du das oder weißt du das nicht?“ Das sagte Sang-Su.
„Was für ein Gerücht?“
„Das Gerücht hat mit euch zu tun.“
„Wenn du sagst, um was es geht, dann weiß ich es.“
„Das Gerücht, dass einer von uns hier einen Freund verraten hat, ist im Umlauf.“
Sang-Su starrte Yong-Shik an. Der war schon betrunken, seine Augen waren verschwommen, und er machte ein Gesicht, als verstünde er nicht, worum es ging.
Hyong-Suk, die draußen zuhörte, klopfte das Herz vor Schreck. In dem Augenblick sprang die Tante, die neben dem Herd gesessen hatte, mit einem Ruck auf und ging in das Zimmer, wo das Trinkgelage stattfand. Kaum war sie eingetreten, schrie sie laut: „Ihr jungen Kerle, wenn ihr so wenig Alkohol vertragen könnt, warum bleibt ihr denn dann noch hier? Leute, lasst mich eins trinken. Ihr Herzlosen schwätzt nur sinnloses Zeug und denkt nicht daran, mich auch mal zu einem Glas einzuladen, wie sehr ich auch in der Küche darauf warte.“ Und gleich darauf befahl sie mit lauter Stimme: „Sang-Su, such uns mal eine Kassette raus, die Stimmung macht, und lass sie möglichst laut spielen. Ehe ich

dieses Land verlasse, möchte ich mich noch mal so richtig austoben."

Sang-Su wechselte die Kassette und stellte das Gerät lauter. Die Tante fing an, das Lied auf der Kassette mit donnernder Stimme nachzusingen.

„Das ist kein Ort mehr, wohin man zurückkehrt. Das ist die Heimat, die ich verlassen habe. Nur trübe scheint die Lampe aus Melonenschale …"

Auf dieses Lied folgten eine Reihe anderer, und in jeder Pause zwischen den Liedern füllte die Tante die Gläser der jungen Männer ständig mit Schnaps, sie zwang sie zu singen, Takt zu schlagen, und machte Stimmung mit ihren Bravo- und Hurra-Rufen. Etwa nach einer Stunde fielen alle total betrunken um. Erst danach nahm die Tante Hyong-Suk mit ins Hinterzimmer und legte sich schlafen.

Hyong-Suk erwartete, dass die Tante irgendetwas sagen würde. Aber sie sagte nichts. Während Hyong-Suk sich noch im Bett herumwälzte, fing die Tante an zu schnarchen.

Aber um diese Zeit wachte Yong-Tae im Vorderzimmer aus seinem Rausch wieder auf, ging zur Toilette, kam wieder zurück, trank allein noch ein paar Gläser und weckte Sang-Su.

„He du, wach auf! Schlaf erst, wenn du noch was getrunken hast!"

Als Sang-Su aufstand und sich hinsetzte, bot Yong-Tae ihm noch ein Bier an. Die anderen

Freunde waren noch in Alkohol und Schlaf versunken. Ehe er das Bier runterschluckte, gurgelte Sang-Su tüchtig damit.
Auf diesen Augenblick hatte Yong-Tae gewartet und fragte nun mit ernster Miene:
„Was hast du vorhin gemeint?"

7

Schutzmann Kwon in der Polizeiwache erhielt die Meldung um fünf Uhr frühmorgens. Es goss in Strömen. Er hatte sich kaum den Schlaf aus den Augen gerieben, da stürzte er mit Schutzmann Shim auf die nasse Straße und rannte zum Unchi-Gasthaus. Die Regentropfen fielen so auf seine Brille, dass er nicht mehr klar sehen konnte, aber er hatte keine Zeit, die Brille abzunehmen und trocken zu putzen. Sein Herz hämmerte, und bei dem Gedanken, dass Yong-Tae endlich etwas angerichtet hatte, erfüllten ihn mit einem Schlag Bedrückheit und zugleich Hass und Verlegenheit, so, wie Abwasser in einen Abfluss hineinströmt. Er war nur unsicher, wie er die Angelegenheit handhaben sollte. Der Regen und die Dunkelheit unten auf der Straße erschwerten das Laufen, er schimpfte mit Shim, der immer mehr zurückblieb, und drängte ihn zur Eile.

Vor dem Gasthaus standen einige Dorfbewohner, konnten aber nicht reingehen. Vor der geschlossenen Tür strichen sie herum und versuchten, verstohlen hineinzugucken. Yong-Taes Freunde Sang-Su und Tae-Ku standen da vom Regen durchnässt und versperrten den Eingang zum Unchi-Gasthaus. Als die Polizisten Kwon und Shim erschienen, traten sie zur Seite. Unnötigerweise schob Kwon sie noch mit aller Kraft weg, näherte sich der Tür und klopfte energisch an. Bei seinem Ansturm öffnete sich die nicht verriegelte Tür lautlos, und die dunkle Schänke zeigte sich.

Am Ende der Diele saß geistesabwesend und mit entseeltem Gesicht die Tante. Auch als die Polizisten eintraten, starrte sie, ohne mit den Augen zu blinzeln, weiter ins Leere.

„Wo ist das, wo?“

Kwon fragte, die Tante antwortete nicht.

„Mach das Licht an!“

Shim betätigte den Schalter. Das Licht ging an. Die Tante saß noch immer da und rührte sich nicht. Kwon sah, dass auf ihrer linken Backe eingetrocknetes Blut klebte. Shim sah es auch. Er ging auf die Tante los und schüttelte sie heftig an den Schultern.

„Wo ist das, wo?“

Die Tante hob ihren Arm und befreite sich so einfach von dem Polizisten Shim, der mit dem Hintern auf den Fußboden der Schänke fiel.

Erst da nahm Kwon den intensiven Blutgeruch wahr. Er streckte seinen Arm über den Platz der Tante weg und öffnete die Tür hinter ihr mit einem Ruck. In einer Ecke des Zimmers, in dem ein wüstes Durcheinander von Schnapsflaschen und Tellern herrschte, lag ein Mensch, der sein Gesicht in seltsamer Haltung zur Zimmertür gewandt hatte, bei seinen Füßen eine Lache schwarzes Blut. Der Regen war nun etwas entfernter zu hören, aber dann stürzte er, wie ein Tier aufheulend, sofort wieder nieder, als wolle er in die Körper eindringen. Eher wegen des Regengeprassels draußen als wegen der Leiche vor seinen Augen konnte Kwon einige Sekunden lang nichts wahrnehmen. Als er wieder zu sich kam, war Shim gerade in der Diele wieder aufgesprungen und wollte in das Zimmer stürmen. Kwon streckte die Arme aus und hinderte ihn daran.

„Kaa...Kamera! Schnell, bring die Kamera! Und melde das der Mordkommission in Namwon!“

Kwons Stimme zitterte wie Espenlaub. Nachdem Shim losgerannt war, machte Kwon die Zimmertüre wieder zu und fragte die Tante: „Ddda Yong-Shik dddort... wwwer ?“ Er stotterte mehrmals. Auf einmal holte er tief Atem und schrie: „Das war doch Yong-Tae?“

Die Tante antwortete nicht.

Kwon packte die Frau mit den Händen fest an ihren

beiden Schultern und schüttelte sie mit aller Kraft. „Es war doch Yong-Tae?"
Die Tante antwortete wieder nicht. Aus verschleierten Augen schien sie zu schielen, und aus einem Mundwinkel floss Speichel heraus. Es war klar, dass sie nicht richtig bei Sinnen war. Kwon gab ihr ein paar Ohrfeigen und schrie: „Wo ist Yong-Tae?"
Erst da hob sie den Arm und zeigte auf das Hinterzimmer. „Dort, dort …"
Hastig zog Kwon seine Gaspistole, näherte sich dem Zimmer und rief zuerst laut: „Han Yong-Tae, herauskommen!"
Eine Antwort kam nicht. Kwon zitterte am ganzen Körper. In seinen Mund strömte so etwas wie Blutgeschmack. In den Ohren hatte er wieder den Regen. Seine Beine begannen zu wackeln. Beide Füße fest auf den Boden stemmend, hielt er sich mit aller Kraft gerade. Kwon erinnerte sich daran, wie Yong-Tae vor vier Jahren souverän mit der Axt gegen die Polizisten aus Seoul und Chonju hantiert hatte. Er erinnerte sich auch daran, dass die Axt bis zur Hälfte ihres Griffes im Erdboden gesteckt hatte. Es schauderte ihn, es lief ihm kalt über den Rücken. In der Absicht, einen Fluchtweg auszumachen, schaute er nach hinten, aber es gab keinen Fluchtweg. Vor der Gasthaustür drängten sich die Leute, steckten den Kopf durch den Eingang und sahen hinein. Bis er sich da durchgedrängt hatte, hätte

Yong-Taes Axt längst seinen Schädel gespalten… Ihm kam in den Sinn, wie angenehm es wäre, wenn er auch wie diese Leute vor der Türe stehen könnte und nur den Kopf zum Zuschauen vorzustrecken brauchte. Aber es ging nicht anders, vor den Augen der Mitbürger musste er Mut fassen. Er blieb möglichst weit von der Zimmertür entfernt stehen. Nachdem er die Gaspistole noch einmal ganz fest in die Hand genommen und etwa in der Höhe von Yong-Taes Kopf ins Leere gezielt hatte, öffnete er mit lang ausgestrecktem Arm blitzschnell die Tür und trat rasch zurück.

In dem Zimmer stand kein Trinktisch. Yong-Tae war auch nicht zu sehen. Die Schlafstelle war hergerichtet, darauf lag Hyong-Suk, nur die Schamgegend war bedeckt, und in ihrer Brust steckte ein Messer; die Augen hatte sie weit aufgerissen, und sie sah aus, als ob sie es nicht glauben wolle; in ihrem Gesicht spiegelte sich, dass sie alles seltsam fand, und es schien zu sagen: „Ich habe keine Lust zu sterben." Sie lag dort mit einem so lebhaften Gesicht, dass sie auch jetzt noch einmal den Kopf zur Seite beugen und den Schutzmann Kwon mit „Guten Tag" grüßen könnte, wie sie es immer getan hatte, wenn sie einander auf der Straße begegnet waren. Sie lag da genau mit dem mutigen frischen Gesicht, mit dem sie immer stolz geprahlt hatte: „Wir werden nach Australien auswandern", und die weißen schlanken Beine und Arme und ihre Brust zeigte sie nach Herzenslust. Auf ihrem Leib und auf der Bettdecke lagen Hundertdollarscheine, die koreanischen Pässe im grünen Einband und die Flugtickets nach Australien in wirrem Durcheinander herum.

8

Zwei Tage später wurde Yong-Tae im Wald des Kreuzberges entdeckt. Ein Bauer, der zufällig dort herging, hatte ihn gesehen, wie er am ganzen Körper blutverschmiert am Boden lag, und das dem Polizisten Kwon gemeldet. Die Polizisten aus Namwon, die noch in der Wache in Unchi geblieben waren, rückten aus, und als die Sonne langsam dunkler wurde und unterzugehen begann, verhafteten sie ihn. Anders als befürchtet, ließ er sich diesmal die Handschellen bereitwillig anlegen, ohne Widerstand zu leisten. Der bewölkte Himmel schaute dem Ganzen mit betrübtem Gesicht zu, die Vögel flogen aus allen Richtungen flatternd hoch und sangen unter dem dunklen Himmel. Die Polizisten fingen auf der Stelle mit dem Verhör an. Aber Yong-Tae hielt den Mund hartnäckig geschlossen. Bis zum nächsten Tag bekamen die Polizisten daher kein Wort von ihm zu hören.

An dem Tag, an dem er mit dem Polizeiwagen weg-

gefahren wurde, kamen alle Leute von Unchi auf die Straße und schauten zu. Als der Wagen am Unchi-Gasthaus vorbeifuhr, drückte Yong-Tae sein Gesicht plötzlich gegen das geschlossene Fenster, rieb es daran und schrie so laut, dass der kleine Wagen zu bersten schien:
„Tante, ich gehe nach Australien. Ich gehe zuerst hin. Ich folge Hyong-Suk. Tante, komm doch auch bald nach!"

Am Strand der Welt

1

Die Hochzeit fand im Turteltaubensaal der O-Hochzeitshalle statt. Sie lag zwar weit weg von der Stadtmitte in den Bezirken südlich des Han-Flusses, aber ihr Parkplatz war voll besetzt von den Wagen der vielen Gäste. Nicht nur der Parkplatz war voll. Auch auf den Straßen und Gehwegen im Umkreis der Hochzeitshalle und dazu noch in den kleinen Nebenstraßen in der Nähe, überall standen dicht an dicht geparkte Autos.

Natürlich wimmelte es auch in der Hochzeitshalle von Menschen. Und weil der Tag ein Feiertag war, war das Gedränge noch größer als gewöhnlich. Es begann schon auf der Straße vor dem Eingang, und in der Vorhalle, auf den Gängen und Treppen, im Friseursalon, in den Trauungssälen und in der Ritenkammer, überall war es so prallvoll, dass es kein freies Fleckchen mehr gab. Etwas übertrieben gesagt, waren vom Eingang bis zum Saal die Leute so zusammengepfercht wie die Fahrgäste in der U-Bahn während der Stoßzeiten. Auch wenn man einfach nur still in einem Gang stehen blieb, überkamen einen Gereiztheit und Unbehagen. Und in dem Durcheinander mühten sich Angestellte der

Hochzeitshalle noch damit ab, Kinder, die weinend herumliefen, weil sie ihre Eltern verloren hatten, ins Büro zu bringen. In den engen, voll gestopften Gängen hörte man oft Lautsprecherdurchsagen. Es gab einfache Durchsagen wie etwa: „Frau Kim Yon-Suk, Frau Kim Yon-Suk bitte zum Telefon im Büro!“, oder auch Bitten, ein Kind, das sich verlaufen hatte, im Büro abzuholen, oder nach einem verschwundenen Kind zu suchen, oder man fahndete per Lautsprecher nach dem Besitzer eines auf der Straße geparkten Wagens, nach einer verloren gegangenen Handtasche, ja sogar nach einem verlorenen Schuh, alles tönte mit starkem Rauschen so laut aus dem hoffnungslos veralteten Lautsprecher, dass Durcheinander und Unbehagen noch verstärkt wurden.

Zum Glück verging wie immer die Zeit, und Brautpaare, Festansprachen und Gäste wechselten einander jede Stunde ab (zu verstehen ist das sowieso nicht. Warum muss die Trauung unbedingt in einer solchen Hochzeitshalle stattfinden? Warum muss der Auftakt zu dem neuen Leben eines Ehepaars in so einem Durcheinander und Lärm und in solcher Hektik vor sich gehen?), und die Zeremonien verliefen ohne Störungen. Schließlich war auch die Hochzeit von Yong-Su und Chae-Yong an der Reihe.

Das vorangegangene Brautpaar war gerade aus dem Trauungssaal in die Ritenkammer[7] gewechselt, und nun nahm jeweils ein Verwandter von Yong-Su und von Chae-Yong an dem Registriertisch Platz, den sie in aller Eile von ihren Vorgängern übernommen hatten. Zuerst hängte jeder der beiden einen Zettel aus, auf dem der Name der Braut beziehungsweise des Bräutigams in großen Lettern geschrieben stand. Daraufhin stellten sich die Gäste, die in Gruppen da und dort in den vollen Gängen gestanden hatten, mit einem Umschlag in der Hand, in zwei Schlangen vor dem Tisch an. Sie legten die Umschläge, die ihr Geldgeschenk für die Braut oder für den Bräutigam enthielten und mit dem Namen des Gebers versehen waren, wie etwas, zu dem sie verpflichtet waren, auf den Tisch, und der entsprechende Verwandte dort nahm sie an, wie etwas, auf das er ein Recht hatte, und trug alles in sein Kassenbuch ein. Als Gegenleistung bekamen die Gäste einen Essensbon für das Restaurant *Filmgarten*. Dabei begrüßten Gäste einander, die sich lange nicht mehr gesehen hatten, man gab sich die Hand und fragte auch nach gemeinsamen Bekannten, und so ging man dann in den Turteltaubensaal hinein.

Die eintretenden Gäste wurden von dem Stück *Die Forelle* empfangen, gespielt vom Kammerorchester *Petit Ensemble*. Aber die Gäste hörten nicht auf die Musik. Sie sahen auf ihre Armbanduhr, sie reckten die Köpfe und sahen sich um, ob sie noch jemanden begrüßen mussten, sie gähnten, oder sie holten die Zeitung aus der Anzugstasche und blätterten darin, und so warteten sie auf den Beginn der Zeremonie. Beleuchtet wurden alle diese Gäste von einem prächtig verzierten Kristallkronleuchter, der in vollem Glanz an der hohen Decke des Saales hing. Der Bräutigam und seine Eltern standen nebeneinander an der einen Seite des Eingangs zum Saal und begrüßten ihre Gäste, auf der anderen Seite standen die Eltern der Braut und wechselten Grüße mit ihren Gästen[8].

Die Freunde des Bräutigams standen vor dem Eingang des Saals und sahen zu. Sie hatten sich mit einem eleganten Anzug, schneeweißem Hemd, Krawatte und blitzblank geputzten Schuhen fein gemacht, als ob sie selbst der Bräutigam wären, und ihre Gesichter strahlten wie eine gerade eingeschaltete 100-Watt-Birne. „Was macht der Vater der Braut?" – „Der hat eine Fabrik für elektrisches Zubehör." – „Yong-Su hat es gut getroffen." – „Gut getroffen! Sein Vater produziert doch elektronische Zubehörteile, nicht wahr? Beide haben ja nur mittelständische Betriebe, und so werden die versammelten Gäste auch nur so durchschnittliche, mehr oder weniger kleine Leute sein, stimmt's?" Der Mann mit der roten Krawatte drückte schnell die Zigarette aus, die er gerade geraucht hatte, und machte eine gewichtige Miene.

„Das stimmt ja nicht! Guck mal da! Da kommt der geschäftsführende Direktor unserer Firma."
„Was? Hier lässt sich ein Vorstandsmitglied aus dem Kreis der Großkonzerne blicken?"
„Vielleicht ist er ein Geschäftsfreund."
„Jedenfalls, Yong-Su verheiratet sich gut. Mit einem Schlag hat er zwei Firmen, in der einen Hand Elektrik und in der anderen Elektronik, da wird er sich wohl selbstständig machen."
„Wenn ich eine Chance bekomme, möchte ich mich neu verheiraten. Meine Heirat hat mir kein Kapital gebracht, nur Fußfesseln. Was soll das? Hab ich mich nicht falsch verheiratet?"
Da brachen die jungen Männer in ein gutmütiges, offenherziges Gelächter aus.
In dem Augenblick betraten zwei gar nicht fein gemachte Männer den Vorraum des Saales. Sie trugen weder einen Anzug noch eine Krawatte. Sie trugen auch keine blank geputzten Schuhe. Und ihre Gesichter strahlten auch nicht wie Glühbirnen. Der eine kam in T-Shirt, Jacke und Turnschuhen, der andere in Pullover und Turnschuhen und hielt eine Windjacke zerknüllt in der Hand. Ihre Gesichter hatten da und dort rote Stellen, als ob sie es sich gerade geschrubbt hätten. Nein, sie sahen eher aus, als ob sie sich für die Feier gar nicht frisch gemacht hätten. Einer von den Freunden des Bräutigams sah zu den Männern hin und schrie plötzlich wie von der

Tarantel gestochen erschrocken auf: „Mensch, der Kerl da, ist das nicht Chol-Kyu? Und ist der andere nicht Kyong-Man?“ – „Chol-Kyu? Wer? Wo?“ Die Freunde blickten nun alle in diese Richtung. „Stimmt! Das sind Chol-Kyu und Kyong-Man!“
Die jungen Männer liefen alle zu den beiden hin. „Mensch, ihr zwei, was ist denn das! Euch hat man ja ewig nicht gesehen! Ihr seid ja vielleicht zwei Typen. Wie konntet ihr denn so lange verschwunden bleiben?“ – „Wartet mal, ich hole Yong-Su.“ – „Du, lass das! Der hat bestimmt keine Zeit.“ Aber der Mann mit der roten Krawatte brauchte den Bräutigam gar nicht zu holen. Der riss nämlich seine großen Augen noch weiter auf und stürzte auf die beiden zu.
„Chol-Kyu! Kyong-Man!“
Während der Bräutigam wie vom Blitz getroffen dreinschaute, zeigten die beiden teils verlegen, teils schalkhaft ein strahlendes Lächeln. Der Bräutigam breitete beide Arme so weit wie möglich aus und fasste mit der einen Hand Chol-Kyu am Arm und mit der anderen Kyong-Man an der Schulter. Die Augen rot angelaufen und den Tränen nahe, fragte Yong-Su mit zitternder Stimme: „Warum hast du dich nicht sehen lassen? Wie ist es dir inzwischen ergangen?“
„Nun, mir ging es so lala, wie es den anderen auch so geht.“
„Und du?“

„Ich besuche ein theologisches Seminar. Nebenbei arbeite ich."
„Was?? Theologisches Seminar?"
Auf den Gesichtern der Freunde machte sich Lachen breit.
„Kyong-Man und ein theologisches Seminar? Heißt das, dass der Kerl Pfarrer wird?"
„Aus dem Schnapsanhänger wurde ein Jesusanhänger!"
Aber Yong-Su, der Kyong-Man mit blutunterlaufenen Augen betrachtete, bekam irgendwie einen leidenden Gesichtsausdruck, als das Wort theologisches Seminar fiel.
Aus dem Lautsprecher ertönte die Stimme des Zeremonienleiters, dass die Trauung bald beginne. Die jungen Leute ließen den Bräutigam Yong-Su vorangehen und gingen dann zusammen in den Turteltaubensaal. Andere Gäste, die noch im Gang waren und rauchten, folgten ihnen mit langsamen Schritten.

2

Die Hochzeitszeremonie ging schnell vonstatten. Da hatte es mühsame Verhandlungen gegeben, mit denen der Bräutigam und die Braut ein Jahr vor der Hochzeit hatten anfangen müssen, und andere, die sich zwischen den Elternpaaren der Brautleute abgespielt hatten (etwa über die Aussteuer, über den zu erwartenden Schmuck, über die geplanten und die notwendigen Geschenke, über die Wohnungseinrichtung, über die schönste Hochzeitsreise, wie man am besten an eine Wohnung kam, das alles hatte man im Einzelnen berechnet, und darüber lang und breit diskutiert), und außerdem hatten dann all die Auseinandersetzungen über die verschiedensten Dinge zwischen dem Bräutigam und der Familie der Braut und zwischen der Braut und der Familie des Bräutigams stattgefunden mit ihren Streitereien und Kompromissen, mit Leiden und Versöhnen. Wenn man bedenkt, dass alle diese leidigen Diskussionen eben wegen dieser Hochzeit geführt worden waren, dann ging die Trauungszeremonie selbst viel zu schnell und gehaltlos zu Ende. Sie dauerte nämlich nicht einmal ganz vierzig Minuten.

Während das Brautpaar und die Gäste noch mit Fotografieren beschäftigt waren, wurden sie von den Angestellten der Hochzeitshalle schon gedrängt, den Saal zu verlassen. Die Angestellten fingen an, die Kerzen auszuwechseln, und waren damit beschäftigt, hier und da herumliegende Abfälle zu beseitigen. Ohne sich um die äußeren Umstände zu kümmern, rannten die Freundinnen der Braut eilig zu den Freunden des Bräutigams,

um von ihnen Geld für den Blumenschmuck zu verlangen. Und nun gab es Streit zwischen den beiden Gruppen darüber, ob das erhaltene Geld genug oder zu wenig sei: „Oh, so kleinlich! Chae-Yong, du hast dich doch nicht gut verheiratet. Man soll jemanden doch an seinen Freunden erkennen können, warum sind die hier so schäbig?“ – „Sagen Sie so was nicht. Wir haben uns tot und dusselig geschuftet, um Yong-Su so weit zu bringen. Und haben wir nicht auch die Truhe mit dem Hochzeitsschatz unbeschädigt abgeliefert? Wir haben aber nicht viel dafür bekommen. Wir haben uns nur damit abgemüht. Die Eltern der Braut waren nämlich ziemlich knickerig.“ – „Wie viel haben Sie denn gekriegt?“ – „Warum? Möchten Sie etwas Geld für unsere Mühe mit der Schatztruhe spendieren? Ohne Schatztruhe kann man schließlich nicht heiraten. Aber ohne Blumen kann man ganz gut eine Hochzeitsfeier machen. Das sind sozusagen Probleme von unterschiedlichem Niveau.“
Im Gedränge sprachen die jungen Männer und die jungen Frauen je untereinander auch über das andere Geschlecht, sobald sich eine Gelegenheit bot, jemanden flüchtig anzuschauen.
„Was haltet ihr von dem Mann dort?“ – „Der Mann mit der braunen Krawatte? Der soll schon zwei Kinder haben.“ – „Wie ist der mit der blauen Krawatte?“ – „Mensch, warum werft ihr denn nur

auf Verheiratete ein Auge? Bei solchem Augenmaß findet ihr bestimmt keinen zum Heiraten." – „Ist die Frau mit dem gelben Kleid verheiratet?" – „Nein, aber bei der ist nichts zu holen. Der Vater soll Tofu verkaufen." – „Was? Tofu?" Allgemeines Gelächter. „Er hat einen Supermarkt und da verkauft er halt auch Tofu." Wieder Gelächter. –

Da gab es einen Zwischenfall. Chol-Kyu, der dem Gerede der jungen Männer und der jungen Frauen nur zugehört hatte, schrie plötzlich laut: „Verdammt, ihr Kleinkrämer! Nehmt euch das und verschwindet, aber weit weg!"

Auf die Köpfe der Freundinnen der Braut regnete es Münzen herab. Chol-Kyu hatte eine Hand voll Münzen aus seiner Tasche geholt und über die Köpfe hinweg in die Luft geschleudert. Die Freundinnen blickten erschrocken im Saal umher. Da schrie Chol-Kyu noch einmal: „Verstreicht euch, ihr unechten Typen, ihr Jungfrauengespenster, aufgestiegen aus dem Wasser, in dem ihr euch einst schwanger ertränktet!"

Er holte noch einmal eine Hand voll Münzen heraus und schleuderte sie wieder über ihre Köpfe hinweg. Selbstverständlich waren die Freundinnen stinkwütend. Aber die Freunde des Bräutigams verhielten sich anders. Sie sahen Chol-Kyu lachend zu. Es gab sogar einige, die den Takt dazu schlugen. Die Braut Chae-Yong war natürlich auch sehr erschrocken. Aber der Bräutigam Yong-Su sah lächelnd zu.

Doch, während er die beiden Freunde ansah, wurden seine Augen feucht. Als Chae-Yong das merkte, wurde sie neugierig. Was für Freunde waren das denn, warum rührten sie ihn beinahe zu Tränen? Chae-Yong fragte also Yong-Su, wer die Männer seien.

„Ich habe dir doch von ihnen erzählt. Kim Chol-Kyu, Lee Kyong-Man."

Ach! Chae-Yong betrachtete die beiden Männer noch einmal aufmerksam. Das waren also die beiden Freunde, von denen Yong-Su erzählt hatte, dass sie schon Schulfreunde und dann Studienfreunde waren, und zwar die besten Freunde, dass er aber seit acht Jahren nicht mehr wisse, wo sie seien und was sie trieben und dass er sich nach ihnen sehne. Aber für Chae-Yong waren die beiden von einem ganz anderen Schlag als Yong-Su. Wie konnte er mit solchen Leuten befreundet sein?

„Was haben sie so lange gemacht?"

Auf diese Frage hin verzog Yong-Su wieder das Gesicht. „Weiß ich nicht. Eben konnte ich doch nur ein paar Worte wechseln."

„Aber ist der da nicht betrunken?"

Yong-Su lächelte, immer noch mit verzogenem Gesicht. „Sieht er so aus?"

„Halt ihn doch davon ab!"

„Abhalten? Ist doch lustig.“
Lustig? Erschrocken starrte Chae-Yong ihn an. Yong-Sus Haltung befremdete sie. Er nahm ihre Bitte nicht ernst, er argumentierte nicht, er ignorierte sie einfach. Sein „Ist doch lustig“ klang jedoch irgendwie melancholisch. Eine eiskalte Hand griff ihr ans Herz. Seit Jahren schon kannte sie Yong-Su, und so kannte sie auch die meisten seiner Freunde, aber von den beiden Männern, die in T-Shirt und Windjacke in der Hochzeitshalle erschienen waren, konnte sie nicht glauben, dass sie seine Freunde waren. Und diesen melancholischen Ton, den hörte sie auch zum ersten Mal bei Yong-Su.
So gingen die Verhandlungen über das Blumengeld zu Ende, noch einmal konnten die Freundinnen der Braut damit nicht anfangen. Erschrocken über die niederfallenden Münzen wichen sie zurück, aber Chol-Kyu ließ weiter Münzen auf ihre Köpfe regnen und schrie dabei:
„Nehmt sie doch und verschwindet dann, ihr verfaulten Hexenbesen!“
Und als er kein Kleingeld mehr hatte, rief er: „Gebt mir Münzen, Münzen her!“
Daraufhin holten die Freunde des Bräutigams und sogar dieser selbst Kleingeld aus ihren Taschen, riefen: „Hier ist es“, als ob sie alles vorbereitet und nur auf den Augenblick gewartet hätten, es ihm geben zu können. Wiederum fielen Münzen auf die

Köpfe der Freundinnen, diesmal begleitet von dem Ruf:

„So nehmt es doch und verschwindet, ihr Abtrittgespenster, ihr Küchengespenster!"

Während die Freundinnen erschrocken waren, als die Münzen ihnen ins Gesicht, auf den nackten Hals, in den weiten Ausschnitt, auf die vom Minikleid unbedeckten Beine und auf die schicken Frisuren fielen, die sie sich ein paar Stunden zuvor in teuren Friseursalons hatten machen lassen, lachten die Freunde des Bräutigams schallend und begannen wegzugehen. Die so gebeutelten Freundinnen konnten nicht mehr mit dem Blumengeld rechnen, und vom Bräutigam war ebenfalls nichts zu erwarten, auch deshalb waren sie sehr verärgert.

3

Das Hochzeitsessen fand im nahe gelegenen Restaurant *Filmgarten* statt. Die Atmosphäre war ruhig und gesellig, wie das bei solchen gesellschaftlichen Zusammenkünften von Leuten aus dem Mittelstand zu sein pflegte. Höfliche Grüße wurden ausgetauscht. Zur Gratulation wurde nicht zu häufig angestoßen, und wohl gemeinte, aber floskelhafte Segenswünsche für das Brautpaar wurden ausgesprochen.[9] Ab und zu störten die Freunde des Bräutigams, vor

allem die beiden, die keinen Anzug trugen, die gesittete Atmosphäre durch lautes Sprechen und lautes Gelächter.
Während Chae-Yong oben an der Tafel neben ihrem Bräutigam saß, machte sie sich die ganze Zeit Sorgen, was die Freunde diesmal anstellen könnten, doch zum Glück lachten sie ja nur manchmal laut auf und waren ansonsten hingebungsvoll mit Essen und Trinken beschäftigt. Aber dann kamen Kyong-Man und Chol-Kyu zu Yong-Su hin und flüsterten: „Mensch, das Ganze hier ist ja widerlich und nicht zum Aushalten. Lass uns gehen! Gehen wir zur zweiten Runde! Bis zum Flug ist doch noch Zeit genug, oder?"
Als Chae-Yong das hörte, bekam sie Lust, dem Bräutigam die Ohren zuzuhalten. Aber der antwortete, anders als Chae-Yong wünschte, bereitwillig mit Ja.
Diesmal wandte sich Chol-Kyu auch an Chae-Yong und fragte: „Das ist doch okay, nicht wahr?"
Wie konnte sie antworten, dass ihr das gar nicht gefiel? So verließen das Brautpaar und seine Freunde und Freundinnen unter dem Beifall der anderen Gäste das Festessen. Die Freundinnen wollten nun einfach verschwinden. Wahrscheinlich fürchteten sie, dass sie von den Männern wieder Beleidigungen ertragen müssten, so wie sie wegen des Blumengeldes lächerlich gemacht worden waren. Doch

Chae-Yong hielt die Freundinnen davon ab, weil sie Angst davor hatte, allein unter den Freunden bleiben zu müssen, aber auch die Freunde ließen die jungen Frauen nicht gehen.
Auch jetzt konnte Chol-Kyu es nicht lassen, sie in bissigem Ton zu necken: „Was fängt man denn mit Frauen an, die so kleinkariert sind wie Sardelleneingeweide? Können sie so einen Mann finden?"
Die Wendung „kleinkariert wie Sardelleneingeweide" hörte Chae-Yong zum ersten Mal, und natürlich fühlte sie sich beleidigt. Sie fand Chol-Kyu, der so etwas laut und ungeniert sagen konnte, einfach abscheulich. Wie konnte ein solcher Mensch mit Yong-Su befreundet sein. Das konnte sie wirklich nicht begreifen.
„Richtig", das sagte nur Kyong-Man. Die anderen Freunde reagierten nicht mehr darauf.
„Wie der sich ausdrückt!"
„Du meinst den Kerl da?"
„Den Kerl müssen wir bald verheiraten, sonst können wir keine Ruhe finden."
„Wer weiß, vielleicht ist er ja schon heimlich verheiratet."
„Unter uns gibt's noch zu viele Ledige."
Das sagte der Bräutigam, und damit animierte auch er die Freundinnen zum Bleiben. Und so gingen sie schließlich mit. Zwei Freunde stiegen noch in den

Wagen, in dem das Brautpaar Platz nahm, die Übrigen stiegen in zwei andere Autos ein.

So trafen sie sich alle in einem kleinen Restaurant, das einem entfernten Verwandten des Bräutigams gehörte, und dort tranken sie schließlich bis nach fünf Uhr nachmittags. Die Maschine, mit der sie auf die Insel Cheju fliegen sollten, war um drei Uhr gestartet, aber Chol-Kyu und Kyong-Man hatten sie nicht weggehen lassen.

„Könnt ihr denn nicht auch morgen fliegen, oder gar übermorgen?"

„Scheiße. Ist Cheju denn das offiziell verordnete Reiseziel für alle Hochzeitsreisen in der Republik Korea? Der da und die da, jeder Mann und jede Frau, wer auch immer heiratet, der muss auf die Insel Cheju."

„Darf man nicht auf den Dobong-Berg gehen? Darf man nicht zum Changkyong-Palast gehen? Ist es nicht egal, wohin man geht?"

Zu dem Zeitpunkt war Yong-Su schon so betrunken, dass er sich kaum mehr auf den Beinen halten konnte. Denn seine Freunde hatten ihm, sobald er ein Glas geleert hatte, wie auf Verabredung immer wieder noch einen Abschiedsbecher vom Junggesellentum angeboten. Wie dem auch sei, jedenfalls stand er plötzlich auf und verkündete: „Mensch, Jungs, ich geh nicht auf die Hochzeitsreise, ich pfeife drauf. Gibt's denn ein Gesetz, dass jeder eine

Hochzeitsreise machen muss? Ich mach das nicht mit."

Chae-Yong hatte seinen Worten nicht glauben wollen. Was sollte mit der Flug- und Hotelbuchung geschehen? Wenn sie nicht auf Hochzeitsreise gingen, wo sollten sie die Nacht verbringen, wo sollten sie schlafen? Sie hatten doch nach gemeinsamen Überlegungen das Ziel der Hochzeitsreise bestimmt und das Programm festgelegt. Wie konnte er das alles so einseitig aufkündigen? Aber Yong-Su in seinem betrunkenen Zustand zur Rede zu stellen, das hatte auch keinen Zweck.

„Lass das stornieren. Was heißt denn buchen? Was man wieder abbuchen kann, das ist buchen, oder etwa nicht?"

Fassungslos starrte Chae-Yong auf Yong-Su. Der aber lachte vergnügt, legte seine Arme auf die Schultern von Kyong-Man, der neben ihm saß, und schüttelte ihn hin und her. Chae-Yong war ganz durcheinander wegen der vielen Probleme, die sich zusammenballten. Wie bestellt man den Flug und das Hotel wieder ab? Wo soll man übernachten? Plötzlich überkam sie Wut. Am liebsten wäre sie einfach nach Hause gegangen. Wenn sie alles für nicht geschehen erklärte und nach Hause zurückkehrte? Ach, so was ist einfach unmöglich. Es waren ja kaum ein paar Stunden verstrichen, seit sie vor Verwandten, Bekannten und Freunden Hochzeit gehalten hatte, da durfte sie so etwas nicht machen. Das war etwas anderes als die Stornierung des Fluges. So einfach wie Yong-Su die Hochzeitsreise aufgekündigt hatte, so einfach ließ sich eine Eheschließung nicht aufkündigen.

Mit dem Gefühl, als stecke sie in einem Alptraum, starrte Chae-Yong den herzhaft lachenden Yong-Su und seine Freunde an. Sie musste etwas tun: Sie musste dafür sorgen, dass Yong-Su nichts mehr trank. Es war klar, dass er durch den vielen Alkohol den Verstand verloren hatte. Wenn ihr das nicht gelang, war alles möglich. Da sagte Kyong-Man: „Haben wir den Yong-Su nicht gut erzogen?"

Das war ganz klar eine weitere Aufmunterung zum Trinken. Als Chae-Yong sah, dass Yong-Su wiederum ein Glas zum Mund führte, stieß sie ihn in die Seite. Zu allem Unglück sah Chol-Kyu das.

„Da sehe ich das zukünftige Leben von Yong-Su vor meinen Augen. Wenn es heute schon so geht, wie wird es da später aussehen?"

„Die haben noch keine Nacht miteinander verbracht, und schon steht er unter dem Pantoffel. Der Kerl ist charakterlos. Da haben wir wohl einen Freund verloren, stimmt's?"

„Los, gehen wir. Lassen wir sie, ob sie sich in die Seite boxen oder auf die Nase. Das sollen sie selber abmachen. Gehen wir!"

Die Männer fingen an, vom Tisch aufzustehen. Chae-Yong hoffte inständig, dass sie nun verschwinden würden. Aber genau da geschah es. Yong-Su, plötzlich ein anderer Mensch geworden, warf Chae-Yong einen drohenden Blick zu und schrie: „Was hast du denn da gemacht? Warum stellst du mich vor meinen Freunden bloß? Warum bist du nur so kleinkariert wie Sardelleneingeweide?"
Chae-Yong war wie gelähmt vor Schreck und konnte nichts erwidern, sie starrte Yong-Su nur an. Kleinkariert wie Sardelleneingeweide? Vorhin hatte Chol-Kyu das gesagt, und sein Geschimpfe hatte nicht auf sie gezielt. Aber jetzt sagte niemand anderes als Yong-Su diese Worte zu ihr. Sie fühlte sich in ihrem Stolz verletzt und wurde böse. Zornig blickte sie zu ihm hin. Als ihr ganz aufging, wie er *sie* vor seinen Freunden bloßgestellt hatte, wurde sie nur wütender. Die Freunde waren verlegen und redeten beruhigend auf Yong-Su ein. – „Yong-Su, bitte, tu so was nicht! Lass das! Fängst du schon mit der Streiterei an?" – Aber das nahm Chae-Yong nicht wahr.
„Yong-Su, warum machst du so was? Wenn du so was machst, können wir doch nicht gehen."
Das sagte Chol-Kyu, und Kyong-Man schloss sich ihm an. „Ihr Jungs, kommt, setzen wir uns wieder!"
Als Chol-Kyu und Kyong-Man sich hinsetzten,

nahmen auch die anderen Männer, die aufgestanden waren, um zu gehen, wieder Platz. Chae-Yong fluchte innerlich: Ihr Bösewichte! Sie konnte den Hass auf Chol-Kyu und Kyong-Man kaum noch aushalten. Yong-Sus Freunde sagten einer nach dem anderen etwas Beruhigendes zu ihm und nahmen eher gezwungenerweise wieder Platz. So wurde das Gelage fortgesetzt. Die Freundinnen, die auch schon aufgestanden gewesen waren, versicherten Chae-Yong zwar ihres Mitgefühls, gingen aber eine nach der anderen weg und zeigten so deutlich, dass sie mit diesen Leuten nicht länger umgehen konnten. Nur Dong-Suk blieb außer Chae-Yong noch da. So war es schließlich fünf Uhr geworden, und da ergriff Kyong-Man das Wort: „Zwar möchten wir uns die ganze Nacht mit Yong-Su unterhalten, weil wir es so lange nicht tun konnten, aber wir sind sehr beschäftigt. Also, machen wir Schluss mit dem Gelage hier und schicken wir das Brautpaar auf die Hochzeitsreise!"
Chae-Yong war sprachlos. Sie wusste nicht, ob sie Kyong-Man danken oder ob sie böse auf ihn sein sollte. Unerwarteterweise standen alle Freunde auf, ohne ein weiteres Wort zu sagen. Nur Yong-Su selbst widersprach lallend: „Warum geht ihr alle schon? Setzt euch wieder, sage ich." Aber die Männer gingen schon aus dem Raum und zogen sich die Schuhe an.

Auf der Straße stand Chae-Yong dann alleine da und murmelte vor sich hin: „Wo sollen wir hingehen? Wohin nur?“ Das Ziel war völlig unklar. Sollten sie in einem Hotel in Seoul übernachten und morgen mit der geplanten Hochzeitsreise anfangen? Aber der Urlaub, den Yong-Su im Büro bekommen hatte, dauerte nur bis übermorgen. Bis dahin mussten sie wieder in Seoul sein, was auch immer passierte. Am Tag drauf musste er wieder ins Büro gehen. Also standen ihnen nur zwei Tage zur Verfügung. Sollte sie für die Zeit wieder einen Flug und ein Hotelzimmer buchen?
Der Fahrer, Herr Oh (er war der Chaffeur von Chae-Yongs Vater), war im Wagen eingeschlafen. Den schlafenden Fahrer empfand Chae-Yong nun auch als eines der Hindernisse, die ihr im Weg standen. Wohin sollten sie gehen? Wohin? Da kam Chol-Kyu zu ihr und grinste.
„Ach, das Ziel der Hochzeitsreise ist wohl abhanden gekommen. Daran haben wir ja leider gar nicht gedacht. Mensch, kommt her! Wir müssen das Brautpaar nach Pusan begleiten. Wie soll das Brautpaar ein Hotel finden, wie ein Restaurant suchen? Das müssen wir alles für die beiden wie am Schnürchen erledigen. He, Kyong-Man, komm her. Wenn du nichts anderes zu tun hast, mach mit!“
Chae-Yong blieb keine Zeit zum Reden. Chol-Kyu und Kyong-Man rissen schon die Tür des Wagens

auf und setzten sich auf den Rücksitz. Gab es so was denn auf der Welt? Chae-Yong hätte am liebsten losgeweint. Das war ein Alptraum. Wie sehr sie sich auch abmühte, aus dem Alptraum aufzuwachen, er ging weiter.

„Dong-Suk, was kann man dagegen tun? Was soll ich bloß machen?"

Als Chae-Yong sich an Dong-Suk wandte, hatte sie Tränen in den Augen. Dong-Suk stellte Se-Chol zur Rede. Die beiden hatten sich ein paar Mal getroffen, nachdem Yong-Su und Chae-Yong sie miteinander bekannt gemacht hatten. Deswegen war Dong-Suk auch geblieben, als die anderen Frauen alle weggegangen waren.

„Wie können die Freunde sich so unmöglich benehmen? Geh doch bitte hin und tu was dagegen! Regt dich das nicht auf?"

Aber Se-Chol schwankte beim Gehen und war vom Trinken auch nicht klar im Kopf, er blickte hoch, sah Chae-Yong und Dong-Suk abwechselnd an und sagte dann: „Ich verstehe. Dann gehe ich auch mit nach Pusan und helfe dem Brautpaar."

Dong-Suk, die ganz entsetzt war, hielt Se-Chol, der schon in Richtung Wagen marschierte, mit aller Mühe davon ab. Erst jetzt kam Yong-Su aus dem Restaurant, sein Blick war verschwommen, er taumelte, an die Hochzeitsreise wagte man gar nicht zu denken, er konnte ja nicht mal gerade zu dem Auto

gehen, das direkt vor seiner Nase stand. Die Enden der vor der Brust baumelnden aufgeknoteten Krawatte steckten zerknüllt in der Hemdentasche, und das Hemd war aus der Hose gerutscht.
Chae-Yong geriet in Wut. Wie konnte ein Bräutigam so aussehen? Wie konnten die Freunde einen Bräutigam so betrunken machen? Aber der einzige Mensch, auf den sie sich jetzt verlassen konnte, das war dieser Yong-Su. Yong-Su taumelte langsam zum Wagen hin. Als er entdeckte, dass Chol-Kyu und Kyong-Man in dem Wagen saßen, brach er in lautes Gelächter aus, was auch immer der Grund seiner Freude sein mochte.
„Gut, gut! Chae-Yong, steig du vorne ein! Lasst uns alle fahren!"
Danach stieg Yong-Su hinten ein und knallte die Tür zu. Chae-Yong hatte die größte Lust, sich einfach auf der Stelle hinfallen zu lassen. So was gab es doch auf der ganzen Welt nicht! Es war Yong-Sus Stimme, die zu ihr geflogen kam und sie traf wie ein Schlag:
„Chae-Yong, ich sagte, steig schnell ein. Wir wollen ans Ende der Welt fahren!"

4

Der Wagen raste über die dunkle Autobahn. Chae-Yong saß vorne, es ging ja nicht anders, auf dem Rücksitz hatten Yong-Su, Chol-Kyu und Kyong-Man sich doch schon niedergelassen, als sie eingestiegen war. Im Rückspiegel betrachtete sie verstohlen die Begleitung Yong-Sus. Die drei tranken in einem fort Bier, das sie in einer Raststätte gekauft hatten. Die Männer, einschließlich Yong-Su, kamen ihr nicht wie Menschen vor. Es waren Monster, wie sie sie noch nie gesehen hatte. Eines dieser Monster hatte sie geheiratet. Und nun wurde sie von diesen Monstern verschleppt, vielleicht in ihre Höhle oder zu einem Ort, wo sie als Opfer dargebracht werden soll.

„Liebe Braut, trinken Sie doch auch eins!“ Es war Kyong-Man, der das sagte und ihr eine Dose Bier hinhielt.

„Nein, danke, ich möchte nicht.“ Chae-Yong wollte nicht zeigen, wie sehr sie diese Männer hasste, wie unerträglich sie ihr waren, deshalb antwortete sie freundlich. Aber bei denen kamen diese freundlichen Worte nicht an. Kaum hatte sie geantwortet, da sagte Chol-Kyu schon:

„Eine höfliche, gesittete Braut trinkt doch nicht. Biet ihr nichts an. Es ist zu schade um das Bier.“

In ihren Ohren war das eine bissige Stichelei.

„Ja, wirklich? Na, dann dürfen Sie eine ungesittete Braut werden. Trinken Sie eins! Als Christ beherzige ich sehr die Worte Jesu Christi: Wer deinen Mantel begehrt, dem lass auch noch deinen Rock! Was wünschen Sie? Ich bin bereit, Ihnen auch noch meinen Rock zu überlassen, Frau Braut."
Mit diesen Worten hielt Kyong-Man ihr wieder eine Dose Bier hin. Was sie von ihm wünschte, das war nur das eine: zu verschwinden. Aber ehe sie etwas antworten konnte, brach Chol-Kyu in Lachen aus. Obwohl sie vor Wut kochte, beherrschte sie sich und sagte freundlich: „Wirklich. Ich möchte nicht trinken."
Chae-Yong dachte, dass alles gut werden würde, wenn sie nur bis zur Nacht durchhielte. Wenn nur sie beide, sie und ihr Bräutigam, diese Nacht allein in ihrem Zimmer sind, dann wird er sie wohl um Verzeihung bitten müssen. Sie war sicher, dass sie dafür sorgen konnte, dass Yong-Su während ihrer Hochzeitsreise keinen Alkohol mehr trank, es sei denn, sie trank mit. Dann würde er wieder zu einem guten, gesitteten, etwas schüchternen Mann. Die Freunde müssen ja spätestens morgen früh nach Seoul zurückkehren, also braucht sie sich wegen dieser Monster weiter keine Sorgen zu machen. Beachtet sie sie nicht, weil sie Angst vor ihnen hat? Nein, sie beachtet sie nicht, weil sie schmutzig sind. Nur diese Nacht muss ich es aushalten, dachte sie

wieder und biss die Zähne zusammen. Nein, nicht einmal die ganze Nacht. Sie brauchte nur so lange durchzuhalten, bis sie im Hotel waren. Wenn sie getrennt auf die Zimmer gingen, brauchte sie die Monster nicht mehr zu sehen.
„Herr Chauffeur, bitte nehmen Sie doch ein Bier!"
Jetzt bot Kyong-Man auch noch dem Fahrer ein Bier an. Erschrocken wandte Chae-Yong sich zu ihm um. Herr Oh war auch verdutzt und konnte nicht direkt antworten.
„Ich trinke nicht, trinken Sie nur mit Ihren Freunden nach Herzenslust!"
„Warum? Trinken Sie nicht gern?"
„Gibt es Männer, die nicht gern trinken?"
„Und warum trinken Sie dann nicht?"
„Ich fahre doch gerade Auto, oder?"
„Verdammt, wenn diese Fahrt schon keine Hochzeitsreise wird, sondern eine Fahrt in die Unterwelt, dann sollte man wenigstens trinken, was zu trinken ist. Nicht wahr?"
Die Männer platzten vor Lachen. Chae-Yong verschlug's den Atem. Ihre Hochzeitsreise wurde mit einer Reise in die Unterwelt verglichen. Und Yong-Su lachte dazu nur mit seinen Freunden zusammen. Als das Lachen der drei verstummt war, wandte Chae-Yong sich an den Fahrer. „Entschuldigen Sie bitte, Herr Oh! Eigentlich sollten Sie uns ja nur zum Flughafen bringen, und jetzt lassen wir Sie noch so

spät fahren. Eventuell müssen Sie morgen auch fahren. Ich rufe meinen Vater an, sobald wir im Hotel angekommen sind. Sie ruhen sich heute im Hotel aus, und morgen können Sie dann mit dem Auto zurück.“

„Mich bedrückt eher die Frage, ob der Chef sich keine Sorgen macht. Sie haben ihn noch nicht benachrichtigt?“, antwortete Herr Oh.

„Er wird sich Sorgen machen. Aber jetzt kann man ihn doch nicht benachrichtigen. Erst wenn wir ein Hotel haben, werde ich anrufen.“

Im Stillen hoffte Chae-Yong, dass Chol-Kyu und Kyong-Man das hören würden. Denn sie wollte ihnen damit den Vorwurf machen, dass ihr Unfug solche von ihnen nicht bedachte Folgen hatte. Sie dachte, wenn sie überhaupt ein Gewissen hätten, dann müssten sie begreifen, was sie meinte, ihr Verhalten wenigstens bedauern und sich in Zukunft anständiger benehmen. Aber was war das? Kaum hatte sie das gesagt, da fingen Chol-Kyu und Kyong-Man wieder zu lachen an.

„Chol-Kyu, du hast einen großen Fehler gemacht. Warum bereitest du unserer schönen Braut so viel Kummer? Wie viel Sorgen wird sich wohl erst ihr Herr Papa machen?“

„Der Bräutigam hat sowieso den Verstand verloren. Ihm macht das eh nichts aus. Aber wie können wir die schöne, frisch gebackene Braut ohne Reservierungen an einen fremden Ort gehen lassen? Nun müssen wir selber hingehen und ihnen ein Hotelzimmer und ein Restaurant zum Abendessen besorgen. Eigentlich haben wir sehr viel zu tun, aber wir sind bereit, uns zu opfern und uns Zeit zu nehmen, um ihnen rührend zu dienen. Der Kerl von Bräutigam ist ja schon stockbetrunken."

„Opfer oder Schabernack, egal! Lasst uns weitertrinken. Herr Chauffeur, halten Sie doch noch einmal an der nächsten Raststätte, mein Pisssack ist zum Platzen voll", ließ Yong-Su sich vernehmen.

Vor Abscheu biss Chae-Yong die Zähne zusammen. Pisssack? Wie konnte Yong-Su so ein Wort in den Mund nehmen. Dass er solche Wörter benutzte, das hatte sie noch nie gehört.

„Zum ersten Mal hat dieser Kerl heute was Vernünftiges gesagt."

„Das war hundertmal besser als das Ja, Ja bei der Trauung."

Chae-Yong überlief es eiskalt, als sie das hörte. Es war ja klar, dass sie damit den Treueeid und die Eheschließung verspotteten. Was diese beiden von ihrer Heirat hielten, wurde ihr nun sonnenklar. Wahrscheinlich wollten die beiden ihre Ehe kaputtmachen, vielleicht war das ja der verborgene Grund, warum sie ihre Hochzeitsreise begleiteten. Für sie war das wohl keine Reise zur Feier der Ehe, sondern eine zur Auflösung der Ehe. Sie zitterte am ganzen

Körper. Aber die Männer, und Yong-Su auch, kümmerten sich nicht um Chae-Yongs Unbehagen, sie quakten nur wieder vor Lachen. Chae-Yong senkte den Kopf, denn ihr stiegen Tränen in die Augen. Sie wollte nach Hause. „Mama“, rief es in ihr. Vor ihre Mama wollte sie hinfallen und sich nach Herzenslust ausweinen. Mama, Mama, was soll ich denn bloß machen?

5

Die Unterkunft, die Chol-Kyu und Kyong-Man gewählt hatten, war kein Hotel. Ein so genanntes erstklassiges Gästehaus war es auch nicht. Es war ein schäbiges Haus im traditionellen koreanischen Stil, das an der Ecke einer kleinen Gasse lag und durch ein Schild als Gästehaus ausgewiesen wurde. Obwohl man sich in Dongrae, einem Badeort mit heißen Quellen, befand, hatte dieses Haus keine Einrichtungen für heiße Brunnenbäder. Chae-Yongs Gesicht lief rot an. Wie hätte sie je in ihrem Leben denken können, dass sie ihre Hochzeitsnacht an so einem Ort verbringen müsste.

„Brautpaar, Einzug in die Brautkammer!“

Als Chol-Kyu die Zimmertür mit diesem Ruf öffnete, musste Chae-Yong die Tränen unterdrücken. Dort war eine schäbige schmutzige Lagerstätte, auf der vermutlich schon unzählige andere gelegen hatten, auf der sich schmutzige Männer und Frauen gewälzt hatten, als sie, in unsaubere Beziehungen verwickelt, miteinander schliefen, an der Wand hing ein Spiegel, der schon längst kein Spiegel mehr war, weil die Quecksilberlegierung sich aufgelöst hatte, daneben gab es einen gelben Plastikkamm, der mit einem Gummiband daran befestigt war. Da hing auch ein Reklamekalender, der auf einem großen Bogen alle zwölf Monate des Jahres zeigte. Es gab ein abweisend aussehendes, altmodisches schwarzes Telefon in einer Form, die heute niemand mehr benutzte, sodass man sich fragen musste, wann man so einen Apparat zum letzten Mal gesehen hatte. In einer Ecke stand ein hier und da verbeultes Blechtablett, auf dem eine blecherne Wasserkanne und eine gesprungene Tasse standen, dazu ein verbeulter Aschenbecher, auch aus Blech, und eine große Dose Streichhölzer. Die Wände waren mit zwei verschiedenen bunten Tapeten tapeziert und von der Decke hing ein Leitungsdraht, an den man eine Glühbirne befestigt hatte.

Das war also die Brautkammer, in der sie die erste Nacht ihres Ehelebens verbringen sollte? Chae-Yong fand es entsetzlich. Sie hatte keine Lust, das Bettzeug auch nur zu berühren. Bei dem bloßen Gedanken, sich da reinlegen zu müssen, hatte sie schon das Gefühl, ihr ganzer Körper würde von

Ausschlag befallen. Um Himmels willen! Ausgerechnet so eine Pension und so ein Zimmer mussten sie wählen. Das war bösartig. Sie ließen ihren Ärger an ihnen aus. An eine solche Unterkunft wird Yong-Su wohl auch kaum gedacht haben. Wie konnten die Freunde, von denen er so liebevoll und mit Hochachtung gesprochen hatte, Yong-Su und seiner Ehefrau Chae-Yong so etwas antun? Warum konnte Yong-Su diesen Freunden nicht widersprechen? Das war nicht zu begreifen. Sie fühlte, dass sie ungerecht behandelt wurde, sie war wütend. Weder Yong-Su noch seine Freunde konnte sie verstehen.
Fassungslos und wie versteinert stand Chae-Yong in dem Zimmer, als Yong-Su von draußen schrie: „Gehn wir Abendessen!" Sie zog sich hastig um und ging raus. Herr Oh wollte sie fahren, aber Kyong-Man hielt ihn davon ab. „Sie sind den ganzen Weg bis hierher gefahren. Von nun an nehmen wir ein Taxi. Wenn Sie auch mal was trinken möchten, dann ist es doch besser, ohne den Wagen zu gehen, nicht wahr?"
So nahm die ganze Mannschaft ein Taxi. Auf die Frage des Taxifahrers, wohin man denn gehen wolle, rief Yong-Su schwungvoll: „Zum Fischmarkt!"
Also ging Chae-Yong mit den Monstern zum Fischmarkt. Yong-Su, seine Freunde und Herr Oh begannen Soju-Schnaps zu trinken mit frischem

rohem Fisch als Beilage. „Jetzt kann ich endlich auch nach Herzenslust trinken“, sagte Herr Oh, und kaum war sein Glas gefüllt, da leerte er es in einem Zug. „Frau Braut, trinken Sie auch!“ Chae-Yong entgegnete nichts. „Mensch, das schmeckt gut. Wann könnte man so was in Seoul probieren?“ – „Warum?“ – „Wenn man Geld hat, kann man in Seoul auch so viel essen, wie man Lust hat. Es ist eben nur sündhaft teuer.“ Herr Oh mischte sich jetzt natürlich in die Unterhaltung der Monster ein. „Das stimmt. Aber hat unsereiner denn überhaupt genug Geld dafür?“ Nach ein paar Gläsern redete er mehr. „Wo kann man noch so gut leben wie in Seoul, wenn man das Geld dazu hat. Aber für unsereinen, der kein Geld hat, ist es da wie im Gefängnis.“ Chae-Yong hatte Hunger, aber es gab nichts, was sie essen konnte.
„Du hast doch gesagt, dass du Hunger hast. Iss nur, Chae-Yong!“, meinte Yong-Su.
„Ich kann keinen rohen Fisch essen“, war ihre Antwort.
Chae-Yong konnte wirklich keinen rohen Fisch essen. So was hatte sie noch nie probiert. Roher Fisch, das war für sie etwas Widerliches, es war keine Speise, nur eine abscheuliche Schnaps-Beilage, eine der unbegreiflichen Delikatessen für Männer, so wie auch Hundefleischsuppe oder Schlangensuppe.
„Was kannst du nicht essen? Rohen Fisch?“

„Das ist doch der Braut gegenüber nicht gerecht. Was möchten Sie denn nehmen? Aber hier gibt's ja nur rohen Fisch."

Da wandten sich alle zu Chae-Yong hin, als ob sie ihr nicht glauben könnten. So musste sie etwas sagen: „Das macht mir nichts. Greifen Sie nur zu!"

„Wenn Sie sich unseretwegen nicht wohl fühlen, dann gehen wir auch hier weg," sagte da Chol-Kyu, und Kyong-Man ergänzte grinsend:

„Vielleicht, vielleicht... Machen Sie jetzt einen Hungerstreik?"

Erst nach einer kleinen Weile durchschaute Chae-Yong, was er mit dem Wort Hungerstreik gemeint hatte. Sie fühlte sich unbehaglich. Sie ließ es sich aber nicht anmerken und blickte zu Yong-Su. Der aber ließ anders als sie sein Unbehagen deutlich erkennen. Sie hatte auf ihn gehofft. Wenigstens jetzt würde er sich gegen die Grausamkeiten der Freunde zur Wehr setzen und aufstehen, und wenn er das nicht schaffte, dann würde er sie wenigstens zurechtweisen. Sie hoffte, dass er wieder der nette, anständige und besonnene Mensch von früher werden würde. Um so größer war der Schock, als nun Yong-Su den Mund aufmachte und mit einem schiefen Blick auf sie sagte:

„Was meint ihr, warum die sich so anstellt? Sie will nur demonstrieren, dass ihr das nicht passt, dass ihr bis hierher mitgekommen seid und dass wir zusammenhocken. Kleinkariert wie Sardelleneingeweide!

Lasst sie! Wenn sie keinen Appetit darauf hat, soll sie es lassen. Wenn sie Hunger hat, wird sie schon von selbst essen."

Die Tränen stiegen ihr in die Augen. Bis jetzt hatte sie genug Unfug und Beleidigungen geduldig ertragen. Aber Sardelleneingeweide? War das Kim Yong-Su? War dieser Mann der Kim Yong-Su, den sie geheiratet hatte? Genau der Kim Yong-Su, der auch auf die Urlaubsreise verzichtet hatte, weil sie an dem Tag der geplanten Reise Kopfschmerzen hatte, derjenige, der jeden Morgen und Abend anrief und fragte, wie es ihr gehe?

„So ist es nicht. Ich kann wirklich keinen rohen Fisch essen. Machen Sie sich meinetwegen keine Sorgen und essen Sie nur! Ich habe einfach keinen Appetit."

„Heißt das, dass Sie berauscht von der Freude über die Heirat keinen Hunger spüren?"

„Hallo, bringen Sie uns rasch eine Fischsuppe! Unsere Prinzessin muss auch zu Abend essen." So bestellte Herr Oh bei der Inhaberin der Gaststätte. Aber Fischsuppe mochte Chae-Yong eigentlich auch nicht, besonders die nicht, die in solchen Lokalen für rohen Fisch gekocht wurde.

„Frau Braut, trinken Sie auch etwas! Jetzt sind Sie ja am Ziel Ihrer Reise angekommen."

Chae-Yong hatte Magenschmerzen vor Hunger. Sie wusste auch sehr gut, was passierte, wenn man in diesem Zustand Soju-Schnaps trank. In ihrer Studienzeit hatte sie ein paar Mal, weil es nicht zu umgehen war, Soju getrunken, ohne etwas dabei zu essen. Sie hatte keinerlei Lust zu trinken, aber sie hatte Angst davor, was sie sich noch alles anhören müsste, falls sie nicht mittrinken würde. Sie nahm das Glas, das Kyong-Man ihr hinhielt, und leerte es mit Todesverachtung in einem Zug.

Seit Herr Oh ein paar Gläser getrunken hatte, sprach er so viel, dass man ihn für geschwätzig halten konnte. „Sie, meine jungen Herren, trinken in der Tat sehr gut. Als ich jung war, konnte ich auch literweise Alkohol verputzen, aber mit zunehmendem Alter kann ich nicht mehr so viel vertragen. Aber beim Trinken mithalten kann ich, mit wem es auch sei, immer noch.“

Danach füllte Herr Oh ein Wasserglas voll Soju und trank es in einem Zug leer. Chae-Yong starrte ihn erschrocken an. Dann bot er das Glas Kyong-Man an: „Junger Mann, trinken Sie auch ein Glas!“

„Warum sollte ich was dagegen haben?“ Kyong-Man nahm das Glas und kippte es runter. Danach wanderte das Glas zu Chol-Kyu, dann zu Yong-Su, und dann wurde es Herrn Oh zurückgereicht. Die von Müdigkeit gezeichneten Gesichter der Männer belebten sich wieder. Das war wohl die Wirkung des Alkohols.

Chae-Yong aber spürte eine unangenehme Kälte.

Der Seewind war kalt, und auch ohne Wind vom Meer wurde das Wetter jetzt im fortgeschritteneren Herbst morgens und abends allmählich kühler.
„Erinnerst du dich noch, Chol-Kyu? An die Studienzeit, meine ich. Da kauften wir morgens an einem Kiosk vor der Uni eine Flasche Soju und für zehn Won eine Tüte Keksbruch, der eine leerte Flasche und Tüte zur Hälfte, und der andere kriegte die andere Hälfte. Und in dem angesäuselten Zustand gingen wir in den Hörsaal. Weißt du das noch? Warum wir das gemacht haben, weiß ich nicht mehr. Das war wohl so eine Art Heroismus. Ohne den Geschmack vom Alkohol zu schätzen, haben wir getrunken, wohl in dem Bewusstsein, dass man als Student eben viel zu trinken hat."
„Warum haben Sie denn so viel getrunken, dafür ist der Schnaps doch zu schade", fragte Herr Oh.
„Eben. Wer weiß, warum? Wir wussten jedenfalls nicht, dass der Alkohol für so was zu schade ist."
„Wahre Trinker gehen mit dem Alkohol sparsam um, meine jungen Herren, im Übermaß trinkt man ihn jedenfalls nicht."
„Frau Braut, sitzen Sie nicht still herum, trinken Sie mit!" Kyong-Man bot ihr ein Glas an, und sie nahm das Glas diesmal, ohne etwas zu sagen. „Na, unsere Frau Braut kann doch recht gut trinken. Geben Sie mir bitte auch die Ehre, Ihnen ein Glas anzubieten!" Chol-Kyu bedrängte sie mit der Flasche.

Chae-Yong nahm auch dieses Glas und trank es aus. Allmählich gab sich ihr Hungergefühl. Sie spürte auch keine Kälte mehr. Vielmehr wurde es ihr heiß. Als die Fischsuppe gebracht wurde, nahm sie ein paar Löffel davon, sie musste den Löffel aber bald wieder auf den Tisch legen. Sie hatte keinen Appetit mehr und fühlte etwas Unangenehmes in ihrem Magen, das kam wohl von dem Soju, den sie so schnell auf den leeren Magen getrunken hatte.

„Als wir studierten, waren wir Stammkunden in einem Badehaus. Vielleicht war es an einem Morgen nach einer Nacht, die wir in der Bude eines Freundes durchzecht hatten. Als wir morgens früh in dem Badehaus badeten, erzählte uns ein Mann, dass er seinen goldenen Ring verloren habe. Während des Bades habe er ihn kurz abgelegt, und nun sei er eben vom Wasser weggeschwemmt worden. Als wir das hörten, bekam Kyong-Man direkt seltsame Augen. Er trocknete sich gleich ab und ging mit den Augen blinzelnd sofort weg. Wir zwei gingen aber erst, nachdem wir in Ruhe fertig gebadet hatten. Auf dem Weg zur Uni sahen wir einen schwarz verschmierten Kerl, der einen Gully geöffnet hatte, eifrig mit einer Schaufel Wasser herausschöpfte und dabei etwas suchte. Ich dachte, das wäre ein Kanalarbeiter, aber dann merkte ich, dass es Kyong-Man war. Als ich fragte, was er denn da mache, antwortete er, dass er den Ring des Mannes suche. Der

Abflusskanal des Badehauses sei nämlich genau mit diesem Gully verbunden."
Herr Oh musste lachen.
„Mensch, wisst ihr, wie viel das Gold von so einem Ring wert war? Das war viel Geld. Ist der Gegenwert von fünfzehn Gramm Gold wenig, wenn man sich wie ein Bettler ohne Geld herumtreibt?"
Herr Oh lachte wieder und fragte dann: „Na, und haben Sie den Ring gefunden?"
„Nein, ich hatte keinen Erfolg. Stundenlang habe ich das Abwasser herausgeschaufelt, aber der Ring kam nicht zum Vorschein, nur ein Säckchen mit Murmeln. Aber habe ich das nur für mein Überleben getan? Nein, alles habe ich getan, um zerlumpte, verhungernde Geschöpfe wie euch am Leben zu erhalten. Frau Braut, in meiner Studienzeit habe ich diese zerlumpten Kerle wirklich oft freigehalten. Auf Kredit haben sie getrunken, gegessen, geschlafen ... Aber diese Kerle achten meine Güte und Verdienste nicht und behandeln mich so unwürdig, mich, der ich wie ihr älterer Bruder, wie Vater, Mutter und Genosse Generalsekretär bin."
War es das Wort *Genosse Generalsekretär*? Herr Oh mischte sich wieder ein: „Zur Zeit soll es unter den Studenten welche geben, die Kim Il-Sung verehren. Ist das denn wahr, meine jungen Herren?"
Da sah Chae-Yong es. Das Gesicht von Yong-Su erstarrte plötzlich. Aber nicht nur bei Yong-Su war es

so, auch Chol-Kyu und Kyong-Man machten plötzlich ganz ernüchterte Gesichter. Sie sahen einander nicht an, sie saßen nur still da mit ihren erstarrten Gesichtern. Hatte sie sich das eingebildet? Aber sie hatte den Eindruck, dass Yong-Su schnell einen Blick auf die beiden warf, wohl um ihren Gesichtsausdruck zu erkunden. Die Stimmung beim Gelage schien plötzlich zu erkalten. Warum wohl?

Herr Oh merkte nichts von dem Stimmungsumschwung und sprach weiter: „Wenn man sieht, dass die Studentin Im Su-Kyong nach Nordkorea ging und Kim Il-Sung traf, dann muss das wohl wahr sein. Was ist denn los? Ich wollte immer einmal danach fragen, wenn ich mal mit Gebildeten zusammenkomme."

Niemand antwortete darauf. Wenn es im Gespräch sonst um die Studentenbewegung ging, verteidigte Yong-Su sie mit aller Kraft, auch wenn er nicht so ganz genau Bescheid wusste. Nun war es für Chae-Yong sehr merkwürdig, dass er jetzt so eingeschüchtert erstarrt war. Dachte er, sich nicht offen zeigen zu können, weil er Herrn Oh gerade erst kennen gelernt hatte? Aber soviel Chae-Yong wusste, war Yong-Su kein so ängstlicher Mensch. Und selbst wenn er Herrn Oh nicht für vertrauenswürdig hielt, dann brauchte er doch nicht mit geschlossenem Mund so starr dazusitzen. Und was war der Grund dafür, dass

nicht nur Yong-Su, sondern auch die beiden anderen so reagierten?
Als er keine Antwort bekam, fuhr Herr Oh fort: „Ich habe gesehen, dass es Unruhen gab, weil die Sicherheitspolizei Zivilisten überwachte …“
Chae-Yong sah, wie Yong-Su bei diesen Worten zusammenzuckte und ein erschrockenes Gesicht machte. Mit Missfallen sah er dann Herrn Oh eine Zeit lang an, senkte dann den Kopf, griff zum Glas und schüttete es in einem Zug herunter. Chol-Kyu und Kyong-Man saßen immer noch mit gesenkten Köpfen still da. Wenn man die Gesichter der Männer sah, auf denen die Fröhlichkeit erstorben war, konnte man schwerlich glauben, dass sie bis jetzt die gute Stimmung damit angeheizt hatten, Anekdoten aus ihrer Studienzeit zu erzählen.
„Wenn die Leute sich so aufführen, dann ist die Überwachung doch unvermeidlich. Wenn es Leute gibt, die bei jeder Gelegenheit nach Nordkorea gehen, Kim Il-Sung treffen, ihn mit ‚Großer Generalsekretär‘ anreden und bla, bla, bla schwätzen, wie soll man die nicht überwachen?“
Auch diesmal antwortete niemand. Als wäre er sich erst jetzt der merkwürdigen Atmosphäre bewusst geworden, blickte Herr Oh die Tischgenossen der Reihe nach an. Chol-Kyu knüllte die Zigarettenschachtel, die auf dem Tisch lag, zusammen und stand auf.

„Lasst uns gehen. Getrunken haben wir sowieso genug."
„In Ordnung. Hallo, bitte zahlen."
Anschließend stand Yong-Su auf, nach ihm erhob sich still auch Kyong-Man. Chae-Yong freute sich erst einmal über die Aufforderung zu gehen. Aber sie konnte die Männer nicht verstehen, die plötzlich, ohne ein Wort zu sagen, mit düsteren Gesichtern vom Tisch aufstanden. Standen Chol-Kyu und Kyong-Man vielleicht auf der Überwachungsliste der Sicherheitspolizei? Vielleicht? Konnte sein? Wenn ja, was hatten die Männer denn verbrochen?

6

Sollte man es für Glück oder für Unglück halten? Jedenfalls brauchte Chae-Yong die erste Nacht ihrer Ehe nicht in dem abscheulichen Zimmer zu verbringen, zumindest nicht mit dem Bräutigam zusammen. Nachdem Chol-Kyu und Kyong-Man mitgeteilt hatten, dass sie mal kurz weggehen würden, hatten sie das Gästehaus verlassen und waren dann mit Alkohol und einem Kartenspiel in das Zimmer des Brautpaars zurückgekommen. Chae-Yong war nicht einmal überrascht. Was sie auch immer anstellten, nichts könnte sie mehr erschüttern, dachte sie. Bei denen ist alles möglich. Sie sind in

der Lage, völlig ungeniert furchtbare und unverständliche Taten zu begehen.
„Yong-Su, wo ist Herr Oh?“
„Der ist schlafen gegangen.“
„Mensch, das darfst du doch nicht zulassen. Er hat dich den ganzen Tag gefahren. Solltest du ihn da nicht noch ein Glas trinken und mit uns Go-stop[10] spielen lassen, ehe du ihn schlafen lässt? Mann, du hast eine schöne Frau bekommen, und nun taugst du nichts mehr!“
„Go-stop spielen? Das ist gut. Mit meinem inzwischen erworbenen Können werde ich euch in Staunen versetzen.“ Yong-Su freute sich sehr.
Als Chae-Yong das hörte, wurden ihr die Beine schlapp, und sie setzte sich auf der Stelle hin.
„Geh schnell und hol Herrn Oh her!“
Kurz danach kam Yong-Su mit Herrn Oh zurück. Mit den Augen fragte Chae-Yong ihn, wie er so weit gehen könne. Er blinzelte zurück. Das schien zu heißen, sie solle ruhig bleiben. Wie lange? Wie lange noch soll sie Geduld haben? Anscheinend hatte Chol-Kyu gesehen, dass die beiden Blicke getauscht hatten. Er murmelte nun vor sich hin: „Habt ihr ’ne Augenkrankheit bekommen? Oder ist bei euch nach der Hochzeitsfeier eine neue Zärtlichkeit ausgebrochen? Warum haltet ihr die Augen nicht ruhig, sondern rollt sie hin und her?“
„Es gilt doch o-gong-bi-ri?“[11]

„Natürlich. Chun-Doo-Hwan-Rausschmeißer gilt auch, drei Karten Trumpf und alles andere. Frau Braut, kommen Sie auch, spielen Sie mit!“
In einem wohlwollenden und großzügigen Ton sagte Yong-Su: „Wenn du müde bist, dann leg dich nur hin! Ich werde hier was gewinnen und dir morgen was Schönes zu essen kaufen.“
Chae-Yong bedauerte sich sehr in ihrer Lage. Mussten die denn unbedingt jetzt Karten spielen? Und wenn ja, konnten sie das nicht in einem anderen Zimmer machen? Warum nur müssen sie unbedingt in diesem Zimmer, das sie doch selbst Brautkammer genannt hatten, Karten spielen?
Als hätte er Chae-Yongs Gedanken gelesen, sagte diesmal Kyong-Man: „Wir haben auch daran gedacht, in ein anderes Zimmer zu gehen, aber wir dachten, es macht mehr Spaß mit der Frau Braut zusammen zu spielen, so sind wir hierher gekommen. Spielen Sie doch mit!“
„Karten spielen kann ich überhaupt nicht“, sagte Chae-Yong, lehnte ihren Kopf an die Wand und machte die Augen zu.
So nickte sie ein. Sie war sehr erschöpft. In der Nacht vorher hatte sie kaum schlafen können, dann kam die Hochzeit, und darauf folgten all die Quälereien von den Freunden ihres Bräutigams, von diesen Monstern. Als sie vom Lärm geweckt wurde, waren die Männer noch mitten im Kartenspiel.

„Achter Stich“ und „sechzehnter Stich“ war zu hören, da hatte wohl jemand viele Punkte gemacht. Auf dem Spielkissen lag ein Haufen von 10 000-Won-Scheinen. Chae-Yong sah auf die Uhr. Es war 4.23 Uhr. Zwanzig nach vier? Um Gottes Willen! Sie war sehr erstaunt. Als sie sah, dass auch Herr Oh immer noch dort saß und Punkte berechnete, machte sie sich Sorgen.
„Herr Oh, sollten Sie nicht schlafen gehen? Morgen müssen Sie doch wieder fahren?“
„Nein, morgen brauche ich nicht zu fahren, meine Dame.“
So lautete die Antwort von Herrn Oh. Er fährt nicht? Was hatte das zu bedeuten? Hatte sie nicht am Abend in Seoul angerufen und von ihrem Vater die Erlaubnis erhalten, dass Herr Oh sie bis zum Ende ihrer Hochzeitsreise begleiten konnte?
Kyong-Man bestärkte Herrn Oh und meinte: „Wo wir doch zusammen unterwegs sind, geht es denn da, dass nur einer fährt und die anderen nur genießen?“
„Daher werde ich morgen Auto fahren“, ließ Chol-Kyu sich hören.
„Was heißt das?“, fragte Chae-Yong erschrocken zurück.
Wollten die denn auch morgen wieder mit dem frisch vermählten Ehepaar zusammen reisen? Und als sie hörte, was Kyong-Man dann noch sagte, verschlug es ihr die Sprache.

„Und übermorgen fahre ich Auto. Wir können uns abwechseln. Machen Sie sich keine Sorgen, Frau Braut! Wir werden Sie bis zum Ende komfortabel fahren.“

Eine Zeit lang konnte Chae-Yong gar nicht denken. Betäubt war sie. Was war los? Warum passierte ihr so etwas? Wo und wie hatte es damit angefangen, dass alles schief ging? Tränen stürzten ihr die Wangen herab. Und während sie sich bemühte, das Weinen zu unterdrücken, waren die Männer weiter mit ihrem Kartenspiel beschäftigt und riefen dabei laut, welchen Stich sie gerade gezogen hatten. Chae-Yong murmelte vor sich hin: „Und das ist eine Hochzeitsreise! Das soll eine Hochzeitsreise sein? Ich gehe nach Hause, nach Hause muss ich gehen.“ Dabei hatte sie einen Moment lauter gesprochen: „Das soll eine Hochzeitsreise sein?“

Sehr laut war es nicht, aber es war doch laut genug, um von den Männern gehört zu werden. Die Kartenspieler sahen zu ihr hin, und Yong-Su sagte: „Ich hab doch gesagt, du könntest schlafen.“

Herr Oh, der Chae-Yong beobachtet hatte, stand zögernd von seinem Platz auf. Aber es war allzu offensichtlich, dass er es nicht gern tat. „Nun werde ich schlafen gehen.“

Yong-Su hielt ihn zurück. „Es ist gut so, spielen Sie weiter!“

Aber Herr Oh verließ das Zimmer. Yong-Su verzog das Gesicht. Aber seine Freunde hatten nach wie vor ihren versteinerten Gesichtsausdruck.
„Wer ist dran? Macht weiter!" Zum ersten Mal entdeckte Chae-Yong, dass Angst in Yong-Sus Augen stand. Aber Angst vor ihr war das ja wohl nicht, eher hatte er vielleicht Angst davor, wie die Freunde darauf reagierten, was sie tat. Sie murmelte noch einmal: „Das soll eine Hochzeitsreise sein?"
Die Männer blickten nicht einmal zu ihr hin. Sie spielten eifrig Karten. Nur Yong-Su sah sie ab und zu mit einem lieblosen Blick schief an. Dieser Blick machte sie verrückt. Länger konnte sie es nicht mehr aushalten. Sie brach in Tränen aus. Der Ärger, den sie immer wieder geschluckt hatte, der brach sich jetzt Bahn. Schluchzend sagte sie: „Das soll eine Hochzeitsreise sein? Eine solche Hochzeitsreise, gibt es die? Antworte, Yong-Su! Was für eine Hochzeitsreise ist das?"
Eine Weile starrten die Männer Chae-Yong an. Ihre Gesichter waren schrecklich ausdruckslos. Wie konnte ein Menschengesicht so aussehen? Die Männer sahen Chae-Yong nur an, als hätten sie keine Ahnung, warum sie sich so benahm, als wäre sie etwas zum Angaffen, etwas Fremdes, das mit ihnen nichts zu tun hat.
Dann machte Yong-Su den Mund auf: „Die kann ganz gut Go-stop spielen. Die stellt sich nur

ahnungslos. Warum macht sie das? Weil sie so kleinkariert ist wie Sardelleneingeweide."

Wieder war das Wort gefallen. Es machte sie wütend, das zu hören. Wer ist denn hier kleinkariert wie Sardelleneingeweide? Wie kann man so was immer wieder sagen? Wie viel hat sie bis jetzt schon ausgehalten? Sie brach wieder in Tränen aus. Dennoch wandten die Männer einer nach dem anderen den Blick von ihr ab und wieder dem Kissen zu, auf dem die Karten und die Geldscheine lagen. Und in einem beängstigend ruhigen und kaltblütigen Ton kam: „Ach, ist dies eine Hochzeitsreise? Warum sind wir dann mitgekommen?"

„Ach, das stimmt. Das ist eine Hochzeitsreise. Das hatte ich ganz vergessen", meinte dann Kyong-Man, und Yong-Su schloss sich ihm an: „Ich auch. Ich hatte das auch ganz vergessen."

Chae-Yong senkte den Kopf. Das sind Teufel, dachte sie. Unerschütterlich wie Felsen spielten sie weiter Karten.

„Wir könnten die Braut schlafen lassen und in ein anderes Zimmer gehen, aber beim Kartenspiel wechselt man den Platz nicht."

„Wenn einem Mönch der Tempel nicht gefällt, verlässt er ihn. Wenn sie müde ist, soll sie in ein anderes Zimmer schlafen gehen." Das sagte Yong-Su.

„Euch fehlt ja der gesunde Menschenverstand, euch

beiden, meine ich. Wir sind auf der Hochzeitsreise, auf der Hochzeitsreise!"
Chol-Kyu sah sie an und meinte: „Das stimmt, nicht wahr?"
„Was nützt es, wenn es zutrifft. Wenn die Wurzel faul ist, stirbt der ganze Baum. Wird ein abgestorbener Apfelbaum wieder lebendig, wenn man fragt, ob er einen Meter oder hundert Meter hoch ist? Kommen dann Äpfel dran?"
„Man muss einen neuen Baum pflanzen."
Chae-Yong stand auf. Noch länger konnte sie es nicht aushalten. Sie nahm ihren Koffer und ihre Handtasche. Wenn sie mit dem Auto nach Seoul zurückfuhr, dann war Schluss damit. Als sie am Abend ihre Eltern angerufen hatte und merkte, wie viel Sorgen sie sich machten, hatte sie nur gesagt, sie hätten ihre Pläne geändert und führen nach Pusan. Wenn sie jetzt nach Seoul zuückkehrte, dann musste sie alles erzählen. Und auch wenn sie den Mund hielte, dann würden die Eltern sie drängen zu sagen, was los sei. Sie zog den Mantel an und ging. Obwohl sie auf den Flur hinausging und die Zimmertür schloss, spielten die Männer eifrig weiter Karten. Den Jammer, der sie wieder überkam, unterdrückte sie und ging zum Wagen. Der war abgeschlossen. Sie stellte den Koffer daneben und ging zu den Zimmern zurück. Vor der Tür zu Herrn Ohs Zimmer bat sie: „Herr Oh, bitte geben Sie mir den Autoschlüssel!"

Die Tür öffnete sich, Herr Oh zog über sein Unterhemd eilig ein Hemd an, kam ganz heraus und murmelte undeutlich: „Der Schlüssel ist jetzt …“
Da begriff Chae-Yong, dass der Schlüssel in die Hände der Männer, nein, der Monster gelangt war. Sie ärgerte sich über Herrn Oh. Es gefiel ihr gar nicht, dass er denen den Schlüssel so einfach gegeben hatte. Schließlich ist er doch der Fahrer. Wenn ein Chauffeur den Autoschlüssel abgibt, dann ist das doch dasselbe wie der Verzicht auf seinen Beruf. Am liebsten hätte sie mit ihm geschimpft, ließ es aber doch und ging vor das Zimmer, wo die Männer Karten spielten.
„Geben Sie mir bitte den Autoschlüssel!“
Keine Antwort. Nur das Aufklatschen der Karten war zu hören.
Herr Oh war ihr durch den Flur gefolgt.
„Kommen Sie bitte raus, meine Herren, die Braut verlangt den Autoschlüssel.“
Immer noch keine Antwort. Herr Oh ging hinein. Es war zu hören, wie er leise sagte: „Meine Herren, bitte holen Sie sie herein. Wenn das gnädige Fräulein einfach so nach Seoul zurückfährt, macht der Chef mir ein Riesentheater.“
Dann war die Stimme von Yong-Su zu hören: „Ich gehe mal raus, um mir die Beine zu vertreten.“ Die Zimmertür öffnete sich und Yong-Su kam heraus. Herr Oh verbeugte sich unsicher vor Chae-Yong

und ging wieder auf sein Zimmer. Yong-Su zog die Schuhe an und starrte eine Weile zu Chae-Yong hin. Die blieb unbewegt da stehen, wo sie war, und wich dem Blick von Yong-Su aus.

„Komm her!“ Sanft legte er seinen Arm um ihre Schultern und zog sie zur Mauer. Dort hielt er sie weiter umarmt, aber Chae-Yong bog seinen Arm weg und befreite sich aus der Umarmung.

„Warum bist du so böse?“

Seine Stimme war sanft. Aber war es nicht Yong-Su gewesen, der vorhin mit ihr geschimpft und sie kleinkariert wie Sardelleneingeweide genannt hatte? Wieder musste sie weinen.

„Haben deine Freunde keinen gesunden Menschenverstand?“

„Gesunden Menschenverstand? Dass sie zu viel davon haben, das ist das Problem.“

„Benehmen Leute mit viel gesundem Menschenverstand sich so?“

„Passt das zum gesunden Menschenverstand, dass der Fahrer, der bald fünfzig wird, dich mit ‚Gnädiges Fräulein‘ anredet? Dass du auf einer niedrigeren Sprachebene mit ihm verkehrst, ist das gesunder Menschenverstand? Und dass Herr Oh, nur weil das gnädige Fräulein einmal böse wird, sich wie ein Mäuschen vor der Katze benimmt und aufsteht und, ohne ein Wort zu sagen, auf sein Zimmer geht, obwohl er einige 10 000 Won verspielt hat, so was,

ist das gesunder Menschenverstand? Ist das der gesunde Menschenverstand, den du meinst?“
Chae-Yong war einigermaßen verwirrt. Was Yong-Su da plötzlich redete, blieb ihr unverständlich.
„Chae-Yong, das sind Freunde, Herzensfreunde. Bitte, hab doch Verständnis dafür. Höchstens noch die paar Tage. Sie werden uns verlassen, auch wenn wir sie festhalten würden. Weißt du, wie viel Zeit vergangen ist, seit wir uns zuletzt gesehen haben? Das sind acht Jahre. Acht Jahre! Bitte, komm schnell rein! Spiel mit! Aber wenn du müde bist, dann schlaf nur, ich werde reingehen und dir ein Bett zurechtmachen.“
Aber das war nicht nötig. Chol-Kyu und Kyong-Man kamen mit dem Spielkissen und den Karten aus dem Zimmer. „Man sagt, nach dem Blitz kommt der Platzregen. Gehen wir vor dem Platzregen in unser Zimmer rüber!“
Die Männer gingen in ihr Zimmer, und man konnte hören, wie Chol-Kyu Herrn Oh rief: „Herr Fahrer, kommen Sie ins Zimmer rüber! Spielen wir weiter!“
„Wie können wir weitermachen, wo das gnädige Fräulein so böse ist?“
„Wir sind ja in unser Zimmer gegangen.“
Herr Oh machte die Tür auf.
„Habt ihr noch nicht genug, wollt ihr nicht aufhören“, sagte er, ging aber in das Zimmer von Chol-

Kyu und Kyong-Man hinüber. Chae-Yong sah, dass er Geldscheine in der Hand hatte.
„Geh rein und schlaf! Ich werde dir alles ganz genau erklären. Hab noch etwas Geduld, bitte!"
Yong-Su hatte den Koffer vom Auto geholt und fasste Chae-Yong wieder bei den Schultern. Sie zögerte. Nach Hause zurückkehren, das war auch sehr peinlich. In diesem Fall würde aus der Sache eine so große Angelegenheit, dass sie sie nicht mehr allein bewältigen könnte. Daraus könnte sich dann vielleicht eine Situation entwickeln, in der ihre Ehe selbst gefährdet war. Das wollte sie vermeiden.
Chae-Yong blickte sich im Hof des Gästehauses um. Das war in L-Form gebaut. In der Mitte des Hofes gab es ein Blumenbeet, das aussah wie eine geschmückte Insel. Darauf wuchsen eine Seetanne und eine Pinie. An der Mauer standen hoch gewachsen ein Judendorn-Dattelbaum und ein Kakibaum, und darunter wühlten ein paar Bananenstauden die Dunkelheit mit ihren breiten Blättern auf.
Zum ersten Mal nahm Chae-Yong das Haus als einigermaßen schön und ruhig wahr. Das war kein luxuriös und bequem eingerichtetes Hotel, aber es hatte doch seinen eigenen Stil. Aber war das eine Hochzeitsreise? Die Hochzeitsreise, die man nur einmal in seinem Leben machte? Sie konnte das Gefühl des Bedauerns nicht unterdrücken. Aber

was sollte sie machen? Es war schon so viel schief gegangen. Von Yong-Su geführt, ging sie wieder hinein.

7

Zuerst hatte Chae-Yong Guam als Ziel ihrer Hochzeitsreise vorgesehen. Aber da Yong-Su dagegen war, hatte sie stattdessen die Insel Cheju gewählt. „Kann man sich richtig erholen, wenn man für drei Tage nach Guam geht? Für den Hinweg einen Tag, für den Rückweg einen Tag, da bleibt nur noch ein Tag übrig. Muss man für einen Tag Erholung so weit fliegen? Auf die Insel Guam kann man später noch jederzeit gehen. Ist es nicht besser, dass man viel Zeit dafür vorsieht, alles genau plant und dann hinfliegt? Diesmal ist es besser, sich an einem näher gelegenen Ort ein paar Tage zu erholen." Das war die Meinung von Yong-Su gewesen. Und da er damit Recht hatte, war Chae-Yong ihm gefolgt.

So war aus der Insel Guam die Insel Cheju geworden, und aus Cheju wurde Pusan. Und dann führte die Hochzeitsreise weiter zum Fischmarkt, zu einem drittklassigen Gästehaus, zum Go-stop-Kartenspiel, zu Streitereien und nun eben zum Tempel Tongdo. Chae-Yong erwartete jetzt nichts mehr von ihrer Hochzeitsreise. Sie hoffte nur, dass die Reise

schnell zu Ende ging und dass die Monster nach Ablauf der drei Tage von Yong-Su nicht verlangen würden, die Reise zu verlängern.
Es fing an zu regnen. Die Scheibenwischer bewegten sich eifrig. „Dieser Regen beschleunigt den Einzug des Winters", verkündete Herr Oh. Während Chol-Kyu herzhaft gähnend den Wagen steuerte, öffnete er das Fenster: „Ah, das tut wohl!", rief er entzückt aus. Die dichte Müdigkeit, die die fünf ausatmeten und die nun den ganzen Wagen füllte, wurde von Regen und Wind weggespült. Sie hatten den Tongdo-Tempel verlassen und waren jetzt auf dem Weg nach Pusan. Wenn sie an der Einfahrt Tongdo auf die Autobahn gefahren waren, dann konnten sie in weniger als einer Stunde zu ihrer Unterkunft gelangen.
Chae-Yong beunruhigte es, dass noch zwei Tage übrig waren. Es war nicht vorauszusehen, welchen Unfug die Monster in dieser Zeit noch treiben würden. Denk nicht dran, sagte sie zur Beruhigung zu sich selbst. Egal, was die Monster heute Abend oder morgen anstellen, das hat mit mir nichts zu tun. Was sie tun konnte, das war sich darum zu bemühen, ein möglichst bequemes Bett zu finden, am besten in einem Hotel, aber wenn die Monster etwas gegen ein Hotel hatten, dann in einem anderen Zimmer, aber mit Bad, und dort dann möglichst früh ruhig zu schlafen. Und morgen ist es das Gleiche. Sie wird

eine möglichst bequeme Unterkunft suchen und ruhig schlafen. Dann braucht sie den Eltern kein erschöpftes Gesicht zu zeigen.
Chae-Yong blickte zu Yong-Su, der neben ihr saß. Er hatte den Kopf an das Rückenpolster gelehnt und überließ sich mit geschlossenen Augen dem Rütteln des Wagens. Sein Gesicht war gutmütig und sanft. Sie konnte nicht begreifen, wie er an so böse Freunde geraten war. Sie beschloss, ihn in Seoul daran zu hindern, diese Monster oft zu treffen. Sie glaubte, dass sie das schaffen könnte. Denn Yong-Su liebte Chae-Yong.
Es war schon spät am Abend. Waren deswegen auf der Nationalstraße, die zur Autobahnauffahrt führte, keine anderen Autos zu sehen? Es gab keine Straßenlaternen und kein Licht, das aus Wohnhäusern herüberleuchtete. Nur die Scheinwerfer ihres Autos spalteten die Dunkelheit, sonst herrschte ringsherum tiefe, dichte Schwärze. In dieser Schwärze prasselte unaufhörlich Regen nieder. Das Auto bog um eine Kurve. Es war wirklich dunkel. Ganz dunkel. Yong-Su, der nach Chae-Yongs Meinung schlief, murmelte etwas. Dann machte er die Augen auf und starrte aus dem Fenster in die Dunkelheit.
Da hielt ganz plötzlich das Auto. Wegen des vielen Regenwassers auf der Straße drehte der Wagen sich um seine eigene Achse und rutschte auch über den

Mittelstreifen. Noch indem Chae-Yong mit der Stirn gegen die Lehne des Vordersitzes stieß, sah sie drüben auf der Straße eine weiße Gestalt stehen. Erschrocken stöhnte sie auf. Das war eine seltsame Gestalt, die nicht wie ein Mensch aussah. Das hatte aber nicht nur sie gesehen. Chol-Kyu hatte ja auch deswegen so plötzlich auf die Bremse getreten.

„Das, das …“, stotterte er leise.

Am Ende des Bereichs, den das Scheinwerferlicht erfasste, stand aufrecht eine weiße Gestalt. Nein, nicht eine, es waren zwei. Das sah nach Menschen aus. Menschen? Wer steht denn mitten in der Nacht so weiß angezogen im Regen auf der Straße? Und was war das, wenn es keine Menschen waren? Die Gestalten regten sich kaum. Chol-Kyu wendete den Wagen. Die beiden weißen Gestalten zeigten sich im Lichtkegel der Scheinwerfer.

Es waren Menschen. Eine alte Frau und ein junges Mädchen. Die Alte trug eine hellgraue koreanische Tracht, das Mädchen einen weißen Pullover und eine rote Trikothose. Die Frauen hatten keinen Regenschirm und waren von dem strömenden Regen nun ganz nass. Von den Scheinwerfern geblendet, hob die Alte die Hand, um ihre Augen zu schützen. Sie war wirklich ganz und gar nass, und das Mädchen war genauso pitschnass. Chol-Kyu machte das Fenster weit auf und streckte den Kopf hinaus.

„Entschuldigen Sie, was ist denn los? Warum stehen Sie hier?“
„Wir sind auf dem Weg nach ...“
Wegen des Regens konnten die anderen nichts hören. Aber Chol-Kyu und die alte Frau sprachen lange miteinander. Als sie fertig waren, blickte er sich nach hinten um und sagte: „Zwei von euch müssen aussteigen.“
Chae-Yong war verblüfft. Zu wem sagte der denn, dass man in diesem Regen aussteigen müsse? Yong-Su fragte nach dem Grund.
„Ich muss die alte Frau und das Mädchen nach Yangsan fahren. Aber weil das Auto voll ist, kann ich sie nicht mitnehmen. Nur zwei steigen aus und gehen in das Gästehaus am Eingang zum Tongdotempel. Dort gibt es eins, das heißt Taeyongchang oder so ähnlich. Wenn ich die beiden nach Yangsan gefahren habe, hole ich euch dort wieder ab.“
„Und wer soll in diesem Regen aussteigen?“, fragte Yong-Su zurück.
Es fing noch stärker zu regnen an. Chae-Yong konnte es nicht fassen. Da verlangte Chol-Kyu doch tatsächlich, dass zwei von ihnen in diesem strömenden Regen zu Fuß bis zum Dorf beim Tempeleingang gehen sollten, damit er eine alte Frau und ein Mädchen, die er gerade zum ersten Mal in seinem Leben gesehen hatte, zu ihrem Ziel fahren konnte. Im Auto herrschte einen Augenblick lang gespann-

tes Schweigen. Nur der Regen war durch das Fenster zu hören.
„Das Mädchen ist in der zweiten Klasse der Oberschule. Morgen muss sie ganz unbedingt in die Schule gehen, die in Yangsan liegt. Es fährt kein Bus mehr."
Es gab niemanden, der so ohne weiteres aussteigen wollte. Daraufhin fragte Chol-Kyu die drei auf dem Rücksitz: „Soll ich aussteigen? Ich und Kyong-Man können aussteigen, und Yong-Su fährt die Alte hin und kommt dann zum Taeyongchang zurück."
Wieder herrschte Schweigen. Von draußen sah die Alte erwartungsvoll in das Auto hinein. Die spärlichen Haare klebten ihr am Kopf, und über ihr nur faustgroßes Gesicht rann der Regen.
Herr Oh sagte als Erster: „Ich steige aus."
Er machte seine Wagentür auf und ging in den Regen. Als er draußen stand, waren im Nu seine Haare, sein Gesicht und sein ganzer Körper vom Regen nass. Anschließend stieg Kyong-Man aus, ohne ein Wort zu sagen, und ging in den Regen hinaus. Er war auch sofort pitschnass, als hätte man ihn aus dem Wasser gezogen. Chol-Kyu wandte sich nach hinten und sagte zu Yong-Su: „Dann fahrt ihr beide und holt uns dann, ich steige auch aus."
Es gab keine Zeit mehr, etwas zu sagen. Chol-Kyu war schon ausgestiegen, hielt die hintere Tür auf und rief der alten Frau zu: „Steigen Sie bitte ein!"

Yong-Su und Chae-Yong setzten sich nach vorne. In dem kurzen Moment, in dem Chae-Yong aus dem Wagen ausgestiegen war, um sich nach vorne zu setzen, waren ihr Haar und ihr Kleid schon ganz nass geworden. Die alte Frau und das Mädchen stiegen hinten ein. Die alte Frau sagte immer wieder: „Danke schön, liebe Leute, herzlichen Dank!" Yong-Su wollte noch einmal nach dem Namen des Gästehauses fragen und sah zum Fenster raus. Aber da waren die drei Männer schon ein ganzes Stück weit durch den Regen in die Dunkelheit hineingerannt.

8

Das Gesicht der alten Frau war nicht größer als Yong-Sus Faust. Dieses kleine Gesicht war voller Falten. Aber ihr Rücken war noch nicht gekrümmt. Obwohl sie schon zweiundsiebzig Jahre alt war, sah sie rüstig aus. Vor allem ihre Augen waren noch so klar, dass man sie gar nicht für die Augen einer alten Frau halten mochte. Als Yong-Su fragte, warum sie sich denn trotz des Regens mitten in der Nacht noch auf den Weg gemacht habe, seufzte sie zuerst ganz tief und fing dann an zu erzählen.
„Das Mädchen ist meine Enkelin. Ihr Vater war eigentlich Schiffer, aber das brachte nichts ein, und

so ging er aufs öde Festland und wurde Bergmann. Wir sind eigentlich aus Pyonghae in der Nordkyongsan-Provinz. Aber damals verließen wir diesen Ort und kamen nach Yangsan. Das Mädchen, seine Mutter und ich lebten zusammen in Yangsan, und die Mutter arbeitete auch in einer Fabrik. Aber dann hieß es, dass man die Kohlenbergwerke rationalisieren müsse. So wurde das Bergwerk geschlossen, und der Vater verlor seinen Arbeitsplatz. Da hat ihn eine andere, kleinere Bergbaugesellschaft angeworben. Hätte er nein sagen können, wo er Frau und Kind und auch mich alte Frau ernähren musste? Gerade an dem Tag, als er zum ersten Mal in die Grube einfuhr, passierte das Unglück …"

Yong-Su sprach sein Bedauern aus, und Chae-Yong fragte nach der Mutter des Mädchens. Zögernd antwortete die alte Frau: „Die ist tot."

Das Mädchen, das bis jetzt ruhig dagesessen und nichts gesagt hatte, schrie nun in scharfem Ton: „Die Mutter ist nicht tot. Oma, warum sagst du immer, dass die Mutter tot ist?" Während die Großmutter im Dialekt der Nordkyongsang-Provinz redete, hatte das Mädchen zwar den singenden Tonfall dieser Provinz, aber es sprach keinen Dialekt.

Die Oma war etwas verlegen, hustete und sagte dann: „Das ist genauso wie tot."

Aus diesem kurzen Wortwechsel konnte Chae-Yong schließen, dass die Mutter von zu Hause weggelaufen war. Was für eine Frau kann ihre Tochter im Stich lassen und einfach weglaufen? Und wie kann die Alte vor ihrer Enkelin so gelassen lügen und sagen, dass ihre noch lebende Schwiegertochter tot sei?

„Eines Morgens waren nur wir beide, ich alte Frau und das Mädchen noch da. Ich musste ja irgendwie Geld verdienen, um zu leben. So ging ich zum Tempel eines Mönchs, den ich kenne, dort mache ich Feuer, koche, wasche und so lebe ich. Aber das Mädchen ist ein Problem. Ich muss ja hier leben, wo der Tempel ist. Aber das Mädchen, das konnte ich doch nicht von der Schule nehmen, nicht wahr? So habe ich sie bei einer bekannten Familie in Yangsan untergebracht und ihr gesagt, dass sie mich am Samstag besuchen kann. Aber sie kommt mich jeden Tag besuchen, weil sie mich vermisst. Jedes Mal schimpfe ich mit ihr und schicke sie weg, aber das nützt nichts. Wenn ich alte Frau noch Kraft hätte, würde ich sie verprügeln, damit sie nicht wiederkommt. Aber das kann ich nicht …"

„Warum erzählst du das alles den fremden Leuten, Oma? Schämst du dich nicht?", fragte das Mädchen mit spitzem Mund.

„Auch heute war ich natürlich im Tempel. Plötzlich kam das Mädchen zu mir, und sie ging nicht wieder weg, wie oft ich auch sagte, dass sie gehen soll. Ich hatte im Tempel noch zu tun, also hatte ich keine Wahl, sie musste dableiben. Aber als ich die

Arbeit so einigermaßen erledigt hatte, ging ich mit ihr weg. Wenn sie heute nicht nach Yangsan zurückkehrt, kann sie doch morgen nicht in die Schule gehen. Aber nun fuhr kein Bus mehr. Und dann fing es plötzlich auch noch an zu gießen. So standen wir da auf der Straße. Herzlichen Dank! Ohne Sie wären wir da im Regen vielleicht noch gestorben. Durch Sie haben wir nun das Glück, in einem solchen schönen Auto zu fahren ..."

Trotz des Regens dauerte die Fahrt nach Yangsan nicht einmal eine Stunde. Der Ort lag ebenfalls in tiefer Finsternis. Kaum waren sie dort angekommen, da wollte die alte Frau unbedingt aussteigen. Yong-Su wollte sie natürlich bis vors Haus fahren, aber sie wehrte sich mit aller Kraft: „Nun ist es genug. Wie kann ich mein Gesicht wahren, wenn wir noch weiter fahren." Yong-Su musste auf irgendeiner Straße im Ort halten. Der Regen war weniger geworden. Die alte Frau kramte einen zusammengeknüllten 1000-Won-Schein aus der Kleidertasche. „Trinken Sie bei der Rückkehr ein Glas, mein Herr!" Yong-Su wollte das Geld natürlich nicht nehmen, aber die alte Frau war stur. Wegen des 1000-Won-Scheins machten sie da auf der dunklen Straße ein langes Theater. Schließlich fügte Yong-Su sich. „Gut, dann werde ich bei der Rückkehr Makkolli-Reiswein kaufen und ihn mit den Freunden von vorhin zusammen trinken. Vielen Dank, Frau

Großmutter." Chae-Yong stieg aus und verabschiedete sich: „Kommen Sie gut heim!" Das Mädchen verneigte sich: „Vielen Dank, Herr Onkel und Frau Tante!" Die alte Frau faltete ihre Hände und verneigte sich ganz tief: „Alles, alles Gute. Sie werden viel Glück haben." Sie nahm das Mädchen an der Hand und schritt in die dunkle Gasse hinein.
Plötzlich kamen Chae-Yong die Tränen. Der gerade Rücken der alten Frau, die wenigen Haare, die rauen, knorrigen Hände, die sie aneinander legte, während sie ihnen viel Glück wünschte, das rührte sie zu Tränen.

9

Yong-Su fuhr schweigend. Es war wirklich einige Zeit her, dass sie mit Yong-Su allein zusammen gesessen hatte, dachte Chae-Yong. Eine Zeit lang wechselten die beiden kein Wort miteinander. Chae-Yong fragte sich, ob sie nicht jetzt sagen sollte, was sie die ganze Zeit über schon gern gesagt hätte.
„Yong-Su, fahren wir langsam. Wir können uns doch nicht ausruhen, wenn wir schnell ankommen. Wir brauchen uns nicht zu beeilen."
Yong-Su antwortete nicht. Der Wagen, der gerade den Ort verlassen hatte, steuerte zügig die Kreuzung an. Chae-Yong dachte, sie müsste alles gesagt

haben, bis sie zur Kreuzung kämen. Wenn sie einmal da angelangt wären und in Richtung Tongdo-Tempel abbögen, dann hätte ihre ganze Rede nämlich keinen Sinn mehr. Während sie die alte Frau und das Mädchen nach Yangsan fuhren, hatte sie die ganze Zeit überlegt, und sie meinte, sie dürfe diese Gelegenheit nicht verpassen, denn eine solche Gelegenheit würde nicht wiederkommen. In schmollendem Ton sagte sie: „Yong-Su, fahren wir anderswohin!"

„Wie bitte? Anderswohin? Die Freunde warten doch auf uns." Er sagte das irgendwie zerstreut, als ob er beim Fahren in andere Gedanken vertieft wäre.

„Nach Pusan. Ich möchte mich duschen. Möchtest du das nicht? Wir hatten doch keine Gelegenheit dazu."

„Und die Freunde?" Es klang immer noch abwesend. Irgendwie nahm er gar nicht auf, was sie sagte.

„Wenn wir in Pusan angekommen sind und ein Hotel gefunden haben, können wir die Freunde doch anrufen."

Yong-Su reagierte nicht darauf und fuhr eine Zeit lang weiter, dann stoppte er plötzlich. Chae-Yong, die sich angeschnallt hatte, fiel mit aller Macht nach vorn. Erschrocken sah sie hinaus. Da war nichts. Da waren die Straße und die Finsternis, sonst nichts. Sie hatte keine Ahnung, warum Yong-Su gehalten hatte. Sie wandte sich zu Yong-Su. Der saß da mit versteinertem Gesicht.

„Was ist denn los?"

Yong-Su antwortete nicht.

„Bitte fahr weiter, Yong-Su. Ich habe Angst."

Aber Yong-Su rührte sich überhaupt nicht. Überall ringsherum war es stockfinster. Sie waren von Dunkelheit umlagert. Man hörte den Regen auf das Autodach fallen.

„Fahren wir schnell weiter!"

Ohne zu antworten, machte Yong-Su auch die Scheinwerfer aus.

„Um Gottes willen. Was tust du? Mach das Licht an!"

Chae-Yong schrie vor Schreck fast hysterisch auf. Sie waren so von schwarzer Finsternis eingehüllt, dass sie auch Yong-Sus Gesicht nicht sehen konnte. Aus dieser Dunkelheit kam seine Stimme. Sie klang schwer und fremd und niedergedrückt.

„Es war im Mai 1982. Damals habe ich zum ersten Mal Berichte über den Aufstand in Kwangju gehört. Ich las die kopierten Dokumentationen, in denen die Artikel gesammelt worden waren, die Journalisten der überregionalen Tageszeitungen in Seoul 1980 während des Aufstandes geschrieben hatten und die beim damaligen Belagerungszustand der Zensur der militärischen Sicherheitsbehörden zum Opfer gefallen waren, außerdem waren darin Artikel, die in den Zeitschriften News Week und Times während der Zeit des Aufstandes publiziert worden waren. Ich hörte von katholischen Geistlichen und von Studenten aus Kwangju, was sich damals abgespielt hatte. Ich musste weinen, laut weinen. Ich war so traurig, so traurig ... Wohl zum ersten Mal in meinem Leben hatte ich so einen großen Schock erlebt und so eine tiefe Trauer gespürt."

Yong-Sus Stimme zitterte. Weinte er? Chae-Yong fühlte eine nervöse Unruhe in sich aufsteigen, unterdrückte sie mit großer Mühe und hörte gespannt zu.

„Die Fotos, die abscheulichen, brutalen Fotos ..."

Yong-Su verstummte. Nach einer Weile atmete er tief durch und fuhr fort: „Damals waren Chol-Kyu und Kyong-Man und ich in derselben Studentengruppe. Das war keine Untergrundgruppe, auch keine Widerstandsgruppe, das war eine reine Studiengruppe. In dieser Gruppe las ich mit ihnen zusammen diese Dokumente, sah ich diese Fotos, hörte ich diese Berichte. Wir konnten einige Tage lang nicht schlafen. Diese furchtbaren Ereignisse hatte es gegeben, und weil man nichts von den Tatsachen wusste, hatte man nun diese brutalen Leute *Präsident* und so fort zu nennen. Das war wirklich abscheulich, beschämend ... und verrückt. Ja, das war zum Verrücktwerden. Ich hatte ein Gefühl, als müsste ich in Kot ersticken."

„Ich war es, der das zuerst vorgeschlagen hatte. Man muss diese Tatsachen bekannt machen. Machen wir Flugblätter! Teilen wir sie überall in Seoul aus! Chol-Kyu und Kyong-Man waren einverstanden. Wir schmiedeten Pläne: Hinterlassen wir auf keinen Fall Fingerabdrücke. Machen wir die ganze Arbeit mit Handschuhen. Lehnen wir uns an keine kritische Studentengruppe an. Sagen wir niemandem etwas davon. Lassen wir uns nicht auf Abenteuer ein. Verfallen wir nicht in Heroismus. Wir bringen nur heimlich Flugblätter irgendwohin, wo viele Leute ein und aus gehen, wo man aber trotzdem etwas geschützt ist. Nach einigen Tagen gehen wir wieder hin und stellen nur fest, ob noch Flugblätter da sind oder ob alle verschwunden sind … Chol-Kyu hat den Text im Namen eines gar nicht existierenden Vereins verfasst, ich habe ihn mit der Schreibmaschine auf eine Schablone geschrieben, und Kyong-Man hat ihn vervielfältigt. Die ganzen Arbeiten haben wir bei mir zu Hause gemacht. Ich habe die Tür abgeschlossen und meinen Eltern vorgelogen, wir würden für die Prüfung lernen. Wir haben die Flugblätter fertig gemacht und sie unter uns aufgeteilt. Damit sind wir dann auf die Straße gegangen. Ich habe sie in die öffentlichen Toiletten im Pagodapark gebracht, in die Toiletten von Kinos, in den Wald auf dem Unigelände, in die Toiletten der Kaffeehäuser in der Nähe von Unis … Chol-Kyu war etwas kühner. Er hat sie in Telefonzellen in belebten Gegenden gebracht, in die Toiletten von Kaufhäusern oder in die Toiletten der U-Bahn-Stationen. Kyong-Man war auch mutiger als ich. Er hat sie in die Hintergassen von Wohnbezirken gebracht, auf die Treppen von Kirchen oder an die Mineralbrunnen im Wald gelegt. Zweimal haben wir die Flugblätter hergestellt, und sechsmal haben wir sie verteilt. Wenn Studenten in der Uni sagten, dass solche Flugblätter im Umlauf seien, habe ich mich verstellt und gesagt: ‚Lass mich auch mal sehen!' Und wenn wir das dann zusammen gelesen haben, dann hatte ich Herzklopfen, fühlte Stolz und ein eigentümliches Entzücken.

Eines Tages, als ich aus dem Haus ging, sind plötzlich riesige Kerle über mich hergefallen und haben mich in einen Wagen hineingeschoben. Schon im Wagen haben sie angefangen, mich zu schlagen. Sie haben mir in die Rippen geschlagen, auf den Hinterkopf, ins Gesicht, auf die Oberschenkel. Bewusstlos haben sie mich geschlagen. Sie haben mich irgendwo hingeschleppt. Dort war ich bei der Sicherheitspolizei, wie ich herausfand.

Man sperrte mich in ein leeres Zimmer ein und sagte, ich solle mich ausziehen. Ich habe mich ausgezogen, aber die Unterhose angelassen. Da haben sie mir mit einem Stock auf die Schultern geschlagen und befohlen, die auch auszuziehen. Ich hab's

getan. Ich war splitternackt. Einer sagte: ‚Ei, ei, so einen jämmerlichen Schwanz hast du da hängen? So'n jämmerliches Ding führst du spazieren und denkst, du bist ein Mann? Und dann baust du so'n Mist.' Da habe ich mich wegen meines damals wirklich jämmerlich geschrumpften Dings geschämt und in meinem Stolz verletzt gefühlt... Von da an hat man mich nichts mehr gefragt und mir auch nicht befohlen, irgendetwas zu tun, sondern man hat angefangen, blindlings auf mich einzuschlagen. Mit einem Stock, so dick wie der Griff einer Spitzhacke, haben sie mir auf die Fußsohlen geschlagen. Die Füße hatten sie mir zusammengebunden und mich mit dem Kopf nach unten aufgehängt. Am ersten Tag hat man mich nur auf diese Weise geschlagen. Zu essen haben sie mir nichts gegeben. Ich konnte nicht mehr auftreten, so dick angeschwollen waren die Fußsohlen.
Mit dem Verhör hat man am nächsten Tag angefangen. Sie haben mich gefragt, mit wem ich das gemacht hatte. Das war ein dummes Unterfangen. Weißt du, was ich geantwortet habe? Ich habe zurückgefragt: ‚Was meinen Sie?' Daraufhin haben sie wieder angefangen, mich zu prügeln. Nachdem sie eine Zeit lang auf mich eingeschlagen hatten, ging mir auf, dass das wegen meiner Schreibmaschine an den Tag gekommen war. Man hatte die Schrifttypen unserer Flugblätter mit denen der

Arbeiten verglichen, die ich in der Uni abgegeben hatte. Ich sagte, dass ich alles allein gemacht hätte. Wieder Schläge. Die Schreie, die ich damals von mir gegeben habe, die … das waren keine Menschenlaute mehr, das war Tiergebrüll.
Am Ende wurde ich so heiser, dass ich nicht mal mehr schreien konnte. Auch im Verhör konnte ich nicht mehr antworten. Weißt du, was die dann gemacht haben? Sie haben einen Arzt gerufen und mich behandeln lassen. Medikamente haben sie mir gegeben. So wurde meine Kehle wieder frei, und dann haben sie mich weitergeschlagen und verhört, schlafen durfte ich nicht. Jedes Mal wenn ich vom Schlaf übermannt wurde, traten sie mir mit ihren Schuhen gegen die Knie und die Arme. Es war nicht auszuhalten. Ich habe geglaubt, dass ich bei noch mehr Schlägen sterben müsste. Mir war, als hätte ich den Tod vor der Nase. Ich habe wirklich den Tod gerochen. Ich hatte Angst vor dem Tod, vor dem Sterben. Ich hatte Angst, dass ich so brutal zusammengeschlagen sterbe. Dass meine Familie, genau wie sie prophezeiten, nie erfahren wird, wo und wie ich gestorben bin … Weißt du, wie das war? Kot ist einfach so aus mir herausgeflossen. Ich war ja mit dem Kopf nach unten aufgehängt, und so ist er den Rücken entlang zum Hals und bis zum Kopf runtergeflossen … Jedes Mal wenn sich der Körper gedreht hat, bin ich ganz mit Kot

beschmiert worden … Chae-Yong, weißt du? Ich meine Kot, Scheiße, echte Scheiße. Ich war kein Mensch mehr, Chae-Yong. Ich war das gemeinste, feigste, schmutzigste Tier auf der ganzen Welt. Ich habe die Namen von Chol-Kyu und Kyong-Man preisgegeben. Chol-Kyu und Kyong-Man. Chol-Kyu und Kyong-Man habe ich verraten …"
Yong-Su fing an zu schluchzen. Chae-Yong trocknete die Tränen, die ihm über die Wangen liefen. Was sollte sie sagen? Wie sollte sie sich ausdrücken. Ihr fielen keine passenden Worte ein. Yong-Su tat ihr nur schrecklich Leid. Es tat ihr weh, dass ihm so etwas zugestoßen war. In der Dunkelheit streckte sie ihre Hand aus und umfasste seinen Arm.
„Meinetwegen wurden Chol-Kyu und Kyong-Man verhaftet. Einige Tage später haben sie mich in ein anderes Zimmer geführt. Weißt du, was in diesem Raum war? Da war Chol-Kyu. Er war ganz nackt und sah wie ein gerupftes Hähnchen aus. Er war bewusstlos zusammengebrochen. Sein Körper war ganz bedeckt von Blut und blauen Flecken und so. Dann wurde ich in einen anderen Raum geführt. In dem lag Kyong-Man in dem gleichen Zustand und … Ich wollte sterben. Ein paar Tage zuvor hatte ich aus Angst vor dem Tod die Namen von Chol-Kyu und Kyong-Man preisgegeben, nun aber wollte ich sterben. Und ich hasste diese Geheimdienstleute. Ich hatte Lust, sie zu töten, ich hätte sie im wahrsten

Sinne des Wortes zerfetzen mögen." Das unterdrückte Weinen stieg Yong-Su aus der Kehle hoch. Chae-Yong nahm seinen Kopf zwischen ihre Hände. „Weine nicht, Yong-Su, hör auf, hör doch auf damit!"

Auch wenn Chae-Yong ihn darum bat, so konnte er doch das aus der Tiefe hochdrängende Schluchzen nicht unterdrücken.

„Nachdem die mich wieder entlassen hatten, habe ich beschlossen, mit dem Studium aufzuhören. Aber meine Mutter ist zur Uni gegangen, um mich vorschriftsmäßig beurlauben zu lassen. Ich erhielt Urlaubssemester und konnte so später wieder zur Uni gehen. Gleich nach der Beurlaubung wurde ich zum Militärdienst einberufen. Ich kam zum Militär. Im ersten Urlaub ging ich zur Uni, und da habe ich erst erfahren, dass Chol-Kyu nicht wieder in der Uni aufgetaucht war und dass er sich auch nicht hatte beurlauben lassen. Kyong-Man hatte die Uni gewechselt und ging auf ein theologisches Seminar. Auch später erhielt ich von den beiden weder einen Brief noch einen Anruf. Und ich setzte mich ebenso wenig mit ihnen in Verbindung. Wie hätte ich das tun können, ich hatte doch mein Gesicht verloren. So habe ich sie gestern in der Hochzeitshalle zum ersten Mal wieder gesehen. Der eine ist dabei, Filmregisseur zu werden, der andere Pfarrer. Erst jetzt wollen die

beiden mir wohl vergeben, Chae-Yong. Die beiden sind jetzt …"
Yong-Su konnte nicht weitersprechen. Chae-Yong starrte in die Dunkelheit, ohne daran zu denken, sich ihr tränennasses Gesicht zu trocknen.
„Ich verstehe, Yong-Su. Ich weiß, was du sagen willst. Verzeih, Yong-Su. Ich bin wohl tatsächlich kleinkariert wie Sardelleneingeweide."
Chae-Yong streichelte Yong-Sus nasses Gesicht. Er wusste kaum, was er sagen und wie er es sagen sollte, aber er nahm alle Kraft zusammen und sprach weiter: „Ich bin dankbar, dass sie zu mir gekommen sind und dass sie in diesem Alter noch solche Spitzbuben spielen. Ich bin sehr dankbar. Was die beiden anstellen, das ist sicher ein großes Ritual. Das Ritual, mir zu vergeben. Wie kann man so einem Kerl wie mir ohne so ein Ritual vergeben? Vielleicht ist es ein Versöhnungsritual. Was auch immer, das ist egal. Ich bin doch dankbar. Wenn ich nur daran denke, bin ich schon zu Tränen gerührt."
Chae-Yong nahm wieder Yong-Sus Kopf in ihre Hände. Das Schluchzen legte sich allmählich. Der Regen schlug gegen die Fensterscheiben, die Dunkelheit drang durchs Fenster und umgab das frisch vermählte Ehepaar. Chae-Yong strich Yong-Su die zerzausten Haare aus dem Gesicht und streichelte ihm die Stirn. Das hatte ihre Mutter gern getan, wenn Chae-Yong als Kind geweint hatte.

„Wie kannst du sagen, dass du kein Mensch bist? Das stimmt doch nicht. Du bist so aufrichtig und so mutig wie kein anderer. Ich bin wirklich stolz auf dich."
„Nein. Ich ..." So begann Yong-Su, aber Chae-Yong verschloss ihm den Mund mit ihren Lippen.

Als sie am Tongdo-Tempel ankamen, parkte Yong-Su den Wagen auf der Straße vor dem Taeyong-chang, und sie gingen nebeneinander zum Eingang des Gästehauses. Plötzlich hielt Chae-Yong inne. Der schwächer gewordene Regen strich ihnen wie Wind kitzelnd übers Gesicht. „Darf ich noch eine Frage stellen?", sagte sie.
Yong-Sus Stimme klang immer noch bedrückt. „Um was geht es?"
Als sie eben über die Autobahn gefahren waren, war ihr diese Frage gekommen. Nein, entstanden war die Frage nicht zu diesem Zeitpunkt. Diese Frage beschäftigte sie von Anfang an, seitdem Chol-Kyu und Kyong-Man ihr Unrecht zugefügt hatten. Auf der Autobahn hatte sie nur entdeckt, dass diese Frage, selbst nachdem sie das schmerzhafte Bekenntnis von Yong-Su gehört hatte, immer noch nicht beantwortet war. Was sich bei ihr geändert hatte, nachdem sie das Bekenntnis gehört hatte, war nur, dass sie jetzt bereit war, den Unfug der Monster zu verzeihen.

Wollten die Monster sich rächen? Dann war das eine kitschige, niederträchtige Rache. War das eine Geste der Versöhnung? Wenn ja, dann war sie doch allzu zerstörerisch, sodass die Versöhnung selbst infrage stehen könnte.

„Auch vor dem Hintergrund dieser Sache kann ich nicht verstehen, warum die beiden unsere Hochzeitsreise so stören. Was haben dieser Vorfall und der jetzige Unfug der beiden miteinander zu tun?"

Yong-Su sah überrascht zu Chae-Yong hin. Er schien immer noch tief in Gedanken zu sein. Aus der Dunkelheit raste ein Motorrad mit lautem Knattern in die Richtung des Tempels davon. Als das Geknatter verklungen und wieder nur der Regen zu hören war, da erst antwortete er ernst: „Ich glaube den Grund zu wissen. Ich konnte es mir gleich denken, als ich sah, wie die beiden sich in der Hochzeitshalle verhalten haben."

„Und was ist der Grund?"

Er tastete Chae-Yongs Gesicht langsam mit den Augen ab: „Den könntest du auch wissen."

Das war alles, was er sagte. Er ging von ihrer Seite weg und fing an, die Treppe des dunklen Gästehauses hinaufzusteigen.

10

Die See von Kwanganri tauchte plötzlich mitten in der Stadt auf. Wenn man von der Landstraße aus die Richtung ändert und dann zu Fuß über die Straße zwischen den hohen Betonbauten geht, tritt einem plötzlich das Meer stolz vor Augen, als wäre es gerade erst durch ein Wunder zwischen den Betongebäuden entstanden.

Immer wenn sie irgendwo das Meer wieder sah, wurde Chae-Yong davon ergriffen. Im Angesicht des Meeres war sie stets eine Zeit lang unfähig zu denken oder zu sprechen. Vom Meer überwältigt, war sie wie betäubt.

Für Chae-Yong war diesmal der Eindruck nun umso gewaltiger, als sie die See von Kwanganri überhaupt zum ersten Mal sah. Es war für sie so, als habe sie die Tür aufgemacht, um ins Schlafzimmer zu gehen, und musste nun erleben, dass in dem Zimmer das Meer wogte. Das Meer hatte einen hohen Wellengang und drängte zum Sandstrand hin. Wenn Chae-Yong die Wellen wie die Muskeln der See heraufquellen sah, musste sie, ohne sich dessen bewusst zu sein, schwer atmen. Je näher man dem Sandstrand kam, desto kolossaler und gefährlicher kamen die Wellen heran, und in einem Augenblick quollen sie auf einmal herauf wie ein Riese, der die Knie aufrichtete und mit einem Ruck aufstehen wollte; sofort zeigten sie ihre weißen Zähne und bissen ein Stück vom Sandstrand ab und fielen wieder in sich zusammen. Chae-Yong strich sich über die vom Wind zerzausten Haare und sah sich nach den vier Männern um, die weiter hinten waren. Chol-Kyu und Yong-Su, Kyong-Man und Herr Oh lieferten sich wie zu einem Körper verwoben Ringkämpfe. Männer!, dachte Chae-Yong mit einem Lächeln um den Mund. Sie glaubte, dass sie zu ihrer früheren vertrauten und unbefangenen Beziehung zurückfinden würden. Sie hatte sich entschlossen, das zu schaffen. Sie war sich ganz sicher. Denn Chae-Yong liebte Yong-Su. Und Chae-Yong würde auch Chol-Kyu und Kyong-Man lieben können. So war es. Die Liebe ist die Wurzel aller schöpferischen Kräfte. Ohne Liebe ist absolut nichts zu erreichen. Nur die Liebe kann die Menschen und die Welt verändern.

Chae-Yong näherte sich den Männern langsam. Yong-Su war in den Sand gefallen. Er hatte seine ganze Kraft nur auf die eine Körperseite konzentriert, weil er so Chol-Kyu zu Fall bringen wollte, der aber hatte in bewährter Strategie schnell zur Innenseite von Yong-Sus Oberschenkel gegriffen und ihn so aus dem Gleichgewicht gebracht. Gleich darauf hob Herr Oh Kyong-Man hoch und warf ihn mit Schulterwurf in den Sand. Die vier Männer lachten mit offenem Mund laut in den Himmel hinein.

Gegen Abend gingen alle zu einem Fischrestaurant mit Aussicht aufs Meer. Wieder fingen sie an zu trinken. Zum ersten Mal in ihrem Leben aß Chae-Yong ein paar Stücke rohen Fisch. Sie musste feststellen, dass es gar nicht so furchtbar war, rohen Fisch zu essen, wie sie gedacht hatte. Und erstaunlicherweise schmeckte roher Fisch sogar gut. Herr Oh sang, und anschließend sangen auch Yong-Su, Chol-Kyu und Kyong-Man. Herr Oh meinte, man solle auch ein Lied von Chae-Yong hören, und da die Männer Beifall klatschten und jubelten, nahm sie ihren ganzen Mut zusammen und sang:
„Die Sonne versank, und dunkel ist's nun. Aber die Gäste bleiben aus. Zum hellen Mond nur blick ich, verlassen fühl ich mich sehr. Mein Freund, wo steckt er? So sitz ich allein …"[12]
Während Chae-Yong und ihre Begleiter tranken und sangen, ging der Mond auf. Es war schon fast der volle Mond der Monatsmitte[13]. „Dort ist der Mond", rief Yong-Su. „Scheint auch der Mond, in meinem Herzen herrscht nur Finsternis." – „Wer ahmt da unpassenderweise den Lee Tae-Baek[14] nach?" – „Lee Tae-Baek ahme ich nicht nach, sondern Kim Chol-Kyu." – „Willst du sagen, dass du dich selbst nachgemacht hast?" – „Ich bin nicht Kim Chol-Kyu. Ich bin nur der Schatten von Kim Chol-Kyu. Irgendwann mal ist es so geworden. Und was für Künste könnte ein Schatten beherrschen? Er

kann nur den Herrn des Schattens nachahmen." – „Darf ich mal meinen Chef nachmachen?", fragte Herr Oh und fing an, ungeschickt ein altes Shicho-Gedicht zu rezitieren: „Du klares, blaues Bächlein im grünen Gebirge! Rühme dich nicht, leicht zu fließen! Einmal an der weiten blauen See angelangt, ist es schwer, wieder zurückzukommen."

Chae-Yong hatte ihren Vater dieses Gedicht manchmal rezitieren hören, wenn er angetrunken nach Hause kam. Es überraschte sie, dass Herr Oh auch solche Trinkgewohnheiten ihres Vaters kannte. Und es war ihr unangenehm, dass er den Vater nachmachte. Sie fand das unhöflich und unfair. Sie fühlte, dass man sich über ihn lustig machte. Aber Yong-Su hatte offensichtlich viel Spaß daran, klatschte Beifall und lachte nur. „Wo lacht denn jemand, der wie ein Pferd aussieht, wie ein Rind?" Als Chol-Kyu das sagte, mischte sich Herr Oh wieder einmal ein: „Der Bräutigam hat ja tatsächlich ein Pferdegesicht." Chae-Yong war noch einmal sehr überrascht. Wie konnte Herr Oh es sich ungeniert herausnehmen, so über Yong-Su zu sprechen? Aber offensichtlich war nur sie erstaunt. Die Männer lachten alle bloß. Davon ermutigt fügte Herr Oh noch hinzu: „Aber darf einer mit einem Pferdegesicht nicht lachen? Sagt man, dass er von der Sicherheitspolizei überwacht wird, wenn er lacht? So sehr das Überwachtwerden zur Zeit auch in Mode ist."

Als das Wort Sicherheitspolizei fiel, bekam Chae-Yong Herzklopfen. Die Gesichter von Yong-Su, Chol-Kyu und Kyong-Man erstarrten einen Augenblick lang. Nur Herr Oh merkte nichts, er füllte Chol-Kyu ein leeres Glas: „Trinken Sie ein Glas, junger Mann!" Chol-Kyu nahm das Glas entgegen, stellte es aber auf den Tisch, ohne etwas daraus zu trinken. Die gute Stimmung erstarb. Es gefiel Chae-Yong gar nicht, dass Herr Oh so ohne Zusammenhang von der Sicherheitspolizei sprach. Sie hatte keine Ahnung, was er denn davon wusste, dass er sie so unnötig erwähnte.

„Ich habe etwas zu sagen."

Das war Chol-Kyu. Würde er jetzt endlich reden? Zuerst erschauderte Chae-Yong. Am liebsten hätte sie nichts davon gehört. Weglaufen mochte sie. Ihr Herz klopfte, und ihr wurde schwindelig.

„Ich bin bereit zu hören." Yong-Su sagte es mit zitternder Stimme. Und an den Rändern wurden seine Augen schon rot.

„Im Juli 1982 wurde ich von der Sicherheitspolizei verhaftet."

Herr Oh machte große Augen. Er blickte der Reihe nach zu Chol-Kyu, Kyong-Man und dann zu Yong-Su. „Von der Sicherheitspolizei? Warum?"

„Wegen der Flugblätter, die wir hier und da in der Stadt verteilt hatten."

Im Raum wurde es still. In die Stille drang heulend

das Rauschen der Brandung. Der Wind irrte ziellos unter dem Himmel umher. Chol-Kyu sah Yong-Su und Kyong-Man eine Zeit lang an. Er wünschte wohl, dass ein anderer an seiner Stelle weitersprach. Aber da war niemand, der den Mund aufmachte. Schließlich senkte er den Kopf und sagte: „Und weil ich die Schläge der Kerle nicht mehr aushalten konnte, gestand ich dann nämlich, dass ich das mit euch zusammen gemacht hatte."
Chae-Yong konnte nicht glauben, was sie da gerade gehört hatte. Verwundert blickte sie zu Chol-Kyu und dann zu Yong-Su und wieder zu Chol-Kyu. Yong-Su war leichenblass. Wie ein vom Schlag getroffener Narr sah er mit verzerrtem Gesicht zu Chol-Kyu hin. Genauso war es bei Kyong-Man. Seine blutunterlaufenen Augen, die Chol-Kyu anstarrten, waren schreckgeweitet. Chae-Yong konnte überhaupt nichts mehr begreifen. Was war das? Hatte Yong-Su gelogen? Nein, das war ausgeschlossen. Wo gibt es denn jemanden, der einem so etwas vorlügt? Yong-Su schüttete sich hastig Soju ein und leerte das Glas auf einmal, anscheinend war er sehr durstig.
„Es mag am nächsten Tag gewesen sein. Die Kerle befahlen mir rauszukommen, und …"
Chol-Kyus Stimme zitterte. Er konnte nicht weiterreden und senkte den Kopf. Seine Schultern fingen leise zu zittern an. So atmete er lange tief durch,

dann erst hob er den Kopf wieder. „In ein Zimmer führten sie mich ab… sie haben mir euch beide gezeigt, wie Scheuerlappen habt ihr ausgesehen, bewusstlos habt ihr dagelegen."
Chae-Yong war völlig verwirrt, denn was Chol-Kyu da sagte, das glich doch zu sehr dem, was Yong-Su gestern berichtet hatte. Die Blicke von Chae-Yong und Yong-Su begegneten sich. Yong-Sus Augen waren voller Zweifel. Er wandte sich gleich wieder von Chae-Yong ab und blickte zu Chol-Kyu hin.
„Scheißkerle!"
Herr Oh stieß es heraus. Sein Gesicht war feuerrot. Eine Weile saßen sie da, ohne etwas sagen zu können. Der Wind heulte und sauste quer durch den dunklen Himmel weit über das Meer hin.
„Ich wäre am liebsten gestorben. Was aus euch nach der Entlassung geworden ist, hätte ich gern erfahren… Ich konnte nicht länger zur Uni gehen. Ich hatte Angst, euch zu begegnen. Ich schämte mich. Ich wäre am liebsten gestorben. Ich fand mich selbst abscheulich und verächtlich… So ist es immer noch. Ich kann mich selbst nicht achten. Ich weiß zu gut, dass ich nur ein Wurm bin."
„Das ist nicht wahr." So entgegnete Chae-Yong.
Chol-Kyus Gesicht entspannte sich und er lächelte traurig: „Danke schön, frisch vermählte Braut. Aber Sie können das nur sagen, weil Sie nicht wissen, wie ich aussah, als ich von den Kerlen gequält wurde."

„Doch, ich weiß das."
Chol-Kyu sah sie erstaunt an. Sie sagte es noch einmal. „Ich weiß das."
„Das warst du nicht, Chol-Kyu." Yong-Sus Stimme klang viel gefasster und ruhiger als gestern, als er Chae-Yong davon erzählt hatte. „Das war ich. Ich wurde als Erster verhaftet und so verprügelt, dass ich eure Namen und Adressen preisgab. Du hast dich bis jetzt unnötig mit Schuldgefühlen gequält. Verzeih! Es ist alles meinetwegen passiert."
Chol-Kyu starrte Yong-Su daraufhin ungläubig an. Da fing Kyong-Man an zu kichern. Die beiden anderen wandten sich zu ihm. Immer noch kichernd sagte er: „Jeder von uns hat geglaubt, dass die beiden anderen seinetwegen verhaftet worden wären."
Chae-Yong war nun ganz durcheinander. Was war los? Mit zitternder Stimme murmelnd, stotternd, brachte Yong-Su ein Wort nach dem anderen hervor. „Mir auch … mir haben sie auch gezeigt, dass ihr beide wie Scheuerlappen aussaht."
„Mir auch!", ergänzte Kyong-Man.
Eine Weile konnte niemand etwas sagen.
Nur Herr Oh murmelte vor sich hin: „Dann ist es wohl wahrscheinlich, dass die Namen von allen dreien auf der Fahndungsliste der Sicherheitspolizei gestanden hatten."
„Die Kerle wussten von Anfang an, dass wir drei das gemacht hatten."

Eine Weile starrten die drei einander an. Es waren schockierte Gesichter. Yong-Su, Chol-Kyu und Kyong-Man hatten es erst jetzt erkannt. Nämlich, dass jeder von ihnen seine Freunde verraten hatte. Dass sie dazu gezwungen worden waren. Dass die Sicherheitspolizei die drei Männer von Anfang an in dieser Absicht gleichzeitig verhaftet hatte. Dass nur sie selbst davon bis jetzt nichts geahnt hatten.

Jetzt erst wurde Chae-Yong klar, woher das merkwürdige Verhalten rührte, das Chol-Kyu und Kyong-Man am vergangenen Abend gezeigt hatten. Gestern Abend, als sie zusammen mit Chol-Kyu in das Gästehaus ging, hatte er noch zwei Kisten Bier gekauft, weil es in der Pension keinen Alkohol gab. Alle tranken und spielten Go-stop. Natürlich machte Chae-Yong diesmal auch mit. Während sie mit den Männern trank und spielte, fühlte sie plötzlich den Blick von Chol-Kyu. Sie schaute auf und nahm wahr, dass er sie mit unsicheren Augen und in Gedanken versunken ansah. Auf die Frage, warum er sie so ansehe, antwortete er: „Ich sehe nämlich zum ersten Mal eine Braut, die so gut Karten spielt.“ Ein anderes Mal war es Kyong-Man, der sie so ansah. Erst lange, nachdem ihre Blicke sich begegnet waren, merkte er es, und schnell vertuschte er seine Verlegenheit mit einem schüchternen Lächeln: „Jetzt sehe ich, dass die Braut nicht so

kleinkariert ist wie die Eingeweide von Sardellen, sondern nur wie die von Sardinen."
Auch danach konnte Chae-Yong spüren, dass die beiden innerlich mit irgendwelchen Problemen zugange waren. Weil sie ihr Verhalten plötzlich zu sehr verändert hatte? Brachte es sie in Verlegenheit, dass sie nun zu genießen begann, was die beiden Monster getrieben hatten, um ihr einen Streich zu spielen? Sie hatte viel Bier getrunken und gut Karten gespielt. Chol-Kyu und Kyong-Man hatten nicht wenig Geld an sie verloren. Aber ihr Triumphgefühl wurde sehr gedämpft, weil die beiden das weder bedauerten noch sich mit ihr freuten. Das Kartenspiel schienen sie gar nicht zu genießen. Es war nicht klar, warum sie überhaupt Karten spielten. Die Stimmung war ganz anders als am ersten Tag, irgendwie befangen und zerstreut. Nur Herr Oh sagte „meine Güte, meine Güte", wenn er nach einer Runde das verspielte Geld zusammenrechnete und es Chae-Yong gab.
„Wenn ich erzähle, dass ich mit der Frau Braut Gostop gespielt habe, wird mir das wohl niemand glauben. Vielleicht wird mein Weib mich anfauchen, weil ich so närrisches Zeug rede. Und wenn ich noch dazu sage, dass ich Geld verspielt habe, wird sie mich für total verrückt halten."
Trotz seiner Klagen hörte er nicht auf zu lachen; was ihm so viel Spaß machte, war nicht ganz klar.

Aber die Runde hatte diesmal nicht lange gedauert. Als Chol-Kyu als Erster sagte, dass er müde sei, und aufstand, folgte ihm Kyong-Man sofort.
Chae-Yong glaubte jetzt zu wissen, warum Chol-Kyu und Kyong-Man sie so hartnäckig auf ihrer Hochzeitsreise begleiteten. Langsam konnte sie die beiden Männer nun verstehen. Die beiden hatten wohl eine Art Ritual abgehalten, wie Yong-Su gesagt hatte. Aber das war kein Ritual, um Yong-Su zu vergeben, sondern das war wohl eher ein Ritual, um ihn um Vergebung zu bitten. War es so unmöglich, dass jeder von den beiden Yong-Su um Verzeihung bitten wollte? Wenn jeder geglaubt hatte, er habe ihn verraten, und deswegen bis jetzt von Schuldbewusstsein gequält wurde, dann wollte er natürlich diese Tatsache endlich gestehen und um Vergebung bitten. Waren sie nicht deshalb so hartnäckig gemeinsam mit ihnen auf dieser Hochzeitsreise unterwegs? So musste es sein. So benimmt man sich nicht aus Rache. Solches Benehmen kann nur aus dem Schuldbewusstsein erwachsen.
„Das war eine der Methoden, mit denen diese Kerle uns kleinkriegen wollten."
Das sagte Chol-Kyu, auf dessen Gesicht sich ein trauriges Lächeln zeigte. Kyong-Man gab immer noch dieses kichernde Geräusch von sich, von dem man nicht wusste, ob es Lachen oder Weinen war. Einzeln drangen die Wogen der Brandung in ihre

Ohren. Hatte Yong-Su das weichste Gemüt von ihnen? Ihm flossen wieder die Tränen. Und als Chae-Yong das sah, wurden auch ihre Augen nass. Unter dem Tisch griff sie nach seiner Hand. Chol-Kyu stand vom Tisch auf und streckte den Kopf zum Fenster hinaus. Das Meer rauschte stark. Der Mond stand jetzt so hoch am Himmel, dass er nur noch die Größe einer kleinen Münze hatte.

Herr Oh beobachtete sie und fragte dann zögernd: „Sind Sie beide, wie sagt man doch, wie heißt doch noch das Wort, das die Zeitungen für solche Leute gebrauchen … ja, Widerstandsbewegung. Gehören Sie dazu?"

Chae-Yong hätte danach auch gerne gefragt, aber sie hätte diese Frage nicht stellen können.

Kyong-Man antwortete: „Nein, wir haben uns nicht daran beteiligt, noch haben wir die Absicht dazu. Der da will Filmregisseur werden, daher führt er da und dort Co-Regie. Und ich besuche ein theologisches Seminar und überlege, ob ich Pfarrer werden soll."

„Erinnert ihr euch?" Chol-Kyu wandte sich zu den anderen vier um.

„Woran?", fragte Kyong-Man.

Da fing Chol-Kyu an, mit bewegtem Gesicht im Stehen laut ein Gedicht zu rezitieren:

„Am Strand endloser Welten treffen Kinder
zusammen.

Der unendliche Himmel rührt sich
über ihren Köpfen nicht und
ungestüm ist das ruhelose Wasser.
Am Strand endloser Welten treffen Kinder
zusammen, rufen und tanzen."
Yong-Sus Augen begannen plötzlich zu strahlen. Aber nicht nur bei ihm war es so. Auch Kyong-Man begann intensiv zu strahlen. Die beiden und auch Chol-Kyu, der das Gedicht rezitierte, bekamen feuchte Augen. Und sofort fielen Yong-Su und Kyong-Man mit lauter Stimme in Chol-Kyus Rezitation ein.
„Kinder bauen ihre Häuser aus Sand,
und sie spielen mit leeren Muscheln.
Aus verwelkten Blättern
weben sie ihre Boote und lächelnd lassen sie
sie schwimmen
auf dem weiten tiefen Meer.
Kinder spielen am Strand der Welten.

Sie wissen nicht, wie man schwimmt,
sie wissen nicht, wie man Netze auswirft.
Perlenfischer tauchen nach Perlen,
Kaufleute fahren mit ihren Schiffen übers Meer,
aber Kinder sammeln
Kieselsteine und verstreuen sie wieder.
Sie suchen keine versteckten Schätze,
sie wissen nicht, wie man Netze auswirft.

Das Meer schlägt lachend Wellen,
und im Meeresleuchten lächelt das Ufer.
Todbringende Wellen singen den Kindern Lieder ohne Sinn,
wie eine Mutter, die die Babywiege schaukelt.
Das Meer spielt mit den Kindern,
und im Meeresleuchten lächelt das Ufer.

Am Strand endloser Welten treffen Kinder zusammen.
Der Sturm durchstreift den weglosen Himmel,
Schiffe erleiden Schiffbruch im straßenlosen Wasser,
draußen ist der Tod, und Kinder spielen.
Am Strand der endlosen Welten ist die große Zusammenkunft der Kinder."

Eine Weile herrschte Schweigen. Dann klatschte Chae-Yong Beifall.

„Ihr habt es doch nicht vergessen." – „Wie kann man das vergessen? Es ist doch das Gedicht, das in Chol-Kyus Studentenbude hing." – „Einige Verse hatte ich vergessen, aber als ihr alles ganz fließend auswendig vorgetragen habt, da sind sie mir wieder eingefallen."

Chae-Yong erinnerte sich daran, dass das Gedicht aus „Gitanjali" von Tagore stammt. Aber sie konnte nicht wissen, warum dieses Gedicht für die Freunde eine solche Bedeutung hatte, dass sie es gemeinsam rezitierten, wie Gläubige ihre auswendig gelernten heiligen Zaubersprüche.

„Bitte, schaue doch jemand hinaus, ob das Meeresufer lächelt!" – „Es lächelt nicht, es neckt uns." Die Männer brachen in lautes Gelächter aus. „Vielleicht verhält es sich so, weil es kein Meeresleuchten gibt." – „Statt Meeresleuchten haben wir Mond." – „Schau doch bitte jemand nach, ob die Kinder zusammentreffen." – „Statt der Kinder gibt es Trinkfreunde und ein Brautpaar." Wieder brachen sie in Gelächter aus. „Sieh doch mal jemand nach, ob auf dem Meer ein von Menschen gemachtes Schiff schwimmt." – „Da schwimmt eins, aber man kann es nicht sehen, es ist ja schon dunkel." – „Nein, so ist es nicht, es hat eben Schiffbruch erlitten." Wieder lachten die Männer eine Weile.

Chae-Yong konnte nicht mitlachen. Warum auch immer, die Wortspiele der Männer machten ihr das Herz schwer. „Ich kann kein Netz auswerfen." – „Ich kann kein Netz auswerfen." – „Ich kann kein Netz auswerfen. Denn das Netz ist die Lebensklugheit der verdorbenen Kerle." – „Hast du überhaupt ein Netz zum Auswerfen?" – „Ich suche keinen Schatz." – „Ich suche keinen Schatz." – „Ich suche keinen Schatz. Denn der Schatz ist das Ziel der verdorbenen Kerle." – „Bist du nicht verdorben?" – „Verdorben bin ich auch. Verdorben musste ich werden, um in der verdorbenen Welt überleben zu können." – „Wozu hast du überlebt?" – „Leben ist nämlich das Wesen des Lebens. Da ich schon mal verdorben war, habe ich auch ans Heiraten gedacht." – „Du hast dir ja Mühe gegeben, verdorben zu werden." – „Mensch, trink nur, sei nicht so pessimistisch. Es gibt ja auch einen wie mich, der so verdorben ist, dass er schon geheiratet hat und auf der Hochzeitsreise ist."

„Seid nicht allzu pessimistisch. Es gibt auch einen wie mich, der schon vor vielen Jahren geheiratet und fünf Kinder gezeugt hat." Das war Herr Oh. Die Männer lachten von neuem hell auf. „Wir lassen uns nicht kleinkriegen!" So rief Chol-Kyu, und ihm folgten Yong-Su und Kyong-Man, und auch Herr Oh schrie gedankenlos mit: „Wir lassen uns nicht kleinkriegen! Wir lassen uns nicht kleinkriegen! Wir lassen uns nicht kleinkriegen, ihr Scheißkerle!"

Chol-Kyu kramte knisternd in seiner Tasche herum, holte etwas in Zeitungspapier Gewickeltes heraus und gab es Yong-Su.

„Das ist ein Geschenk, das haben Kyong-Man und ich besorgt."

Yong-Su nahm es und riss das Zeitungspapier weg. Es war ein Bilderrahmen. Unter der Glasplatte lag ein Stück altes Konzeptpapier. Mit zitternder Stimme sagte er: „Das, das… das habt ihr gefunden?"

„Als ich beim Packen für den Umzug die Bücher

ordnete, ist ein Blatt davon aufgetaucht. Als ich erfuhr, dass du heiratest, fiel es mir wieder ein.“

„Und ich soll das einzige Blatt behalten, das übrig geblieben ist?“

„Was ist denn das?“ Herr Oh reckte seinen Hals.

Chae-Yong nahm den Rahmen von Yong-Su entgegen und sah ihn an. Eingerahmt war eine vergilbte Seite von einem Flugblatt in einem alten Stil, wie er heute nirgendwo mehr zu finden ist. Es war ein Flugblatt vom 27. 5. 1982, im Namen der Gitanjali-Jugendorganisation. Es war mit Schreibmaschine geschrieben und von einer Schablone abgezogen worden. Chae-Yong stützte ihren zitternden Körper ab und las es ganz.

Kann man denjenigen einen Präsidenten nennen, der das Volk massakrierte und sich die Macht anmaßte? Kann man die Macht, deren Basis das Massaker am Volk ist, eine Regierung nennen? Kann man die Gruppe, die durch das Massaker am Volk entstand, eine demokratische Partei nennen? Nein, nein, tausendmal nein.

Aber gerade die heutigen so genannten Herrscher über das Land kommen von daher. Wer sich selbst zum Präsidenten erklärte, der hatte das Volk massakriert, sich die Macht angemaßt. Die gegenwärtige Regierung ist eine Macht, die durch das Massaker am Volk zustande kam, und die gegenwärtige Mehrheitspartei ist eine Partei, die durch das Massaker am Volk entstand. Wir ziehen streng den

gegenwärtigen Präsidenten, die gegenwärtige Regierung und die gegenwärtige Mehrheitspartei zur Rechenschaft für eine Reihe von brutalen Massakern, die im Mai 1980 in Kwangju geschehen sind.
Die Regierung, die auf den Leichen des Volkes steht, ist keine Regierung. Wer das Volk zum Feind erklärte und rohe Gewalt anwandte, wie können diejenigen Präsident, Regierung, Partei eben dieses Volkes sein? Diese Leute sind Feinde des Volkes, nicht sein Präsident, sie sind Unterdrücker des Volkes, aber keine Regierung, sie sind eine grausame, brutale Mördergruppe, aber keine Partei.
Sie sind nichts als Henker der Demokratie und Unterdrücker des Volkes. Der Platz, an dem sie sich befinden sollten, ist nicht das blaue Haus, sondern ein Krematorium, nicht das Regierungsgebäude, sondern ein Beerdigungsinstitut, kein Parteibüro in der Stadtmitte, sondern ein Friedhof am Stadtrand, oder vielleicht ein Gefängnis, wo man die Verbrecher im Namen des Volkes einsperrt und umerzieht…
Während Chae-Yong das las, wurde ihr die Luft knapp. Wie hatte man in dieser grausamen fürchterlichen Zeit von 1982 solche Flugblätter schreiben und verteilen können?
Yong-Su nahm Chae-Yong den Rahmen ab, las das Manifest mit starrem Blick, zog dann hinten am Rahmen eine Klemme weg und holte es heraus.
„Warum? Warum tust du das? Das haben die Freunde doch mit großer Mühe gemacht!“

Chae-Yong griff entsetzt nach Yong-Sus Hand. Aber er riss sich los. „Die Zeit ist noch nicht reif dafür, dass es eingerahmt wird. Noch nicht! Hoffentlich kommt bald eine Zeit, wo so etwas zum Andenken wird. Dann darf man es eingerahmt aufbewahren, aber jetzt noch nicht."
Yong-Su ließ das Manifest zum Fenster hinausfliegen. Das Flugblatt stieg im Meereswind auf, vom Mond beschienen leuchtete es weiß und flog zum dunklen Himmel hinauf. Chol-Kyu, der es beobachtete, streckte plötzlich den Kopf zum Fenster hinaus und rief gegen das dunkle Meer: „Wir lassen uns nicht unterkriegen! Wir lassen uns nicht unterkriegen! Denkt bloß nicht daran, ihr könntet uns unterkriegen, ihr Dreckskerle!"

11

Am nächsten Morgen fuhr die ganze Gruppe von Pusan weg. Beim Autofahren wechselten sie einander ab. Chae-Yong kam auch an die Reihe. Als sie anfing zu fahren, saß Herr Oh angelehnt auf dem Rücksitz und sagte lachend: „Fahrer, fahren Sie ordentlich! Ich werde jetzt schlafen."
Chae-Yong antwortete: „Selbstverständlich, bitte, schlafen Sie wohl!"
„Auch wenn ich arbeitslos werde, werde ich nicht

schlecht leben. Mein Weib kann ja so gut Auto fahren."
Auf diese Worte Yong-Sus hin lachten Chol-Kyu und Kyong-Man. Draußen am Fenster flog die Landschaft längs der Autobahn vorbei. Jetzt wusste Chae-Yong, warum Chol-Kyu und Kyong-Man und auch Yong-Su gesagt hatten, sie sei kleinkariert wie die Eingeweide von Sardellen. Sie verstand auch, warum die Freunde von Yong-Su ihnen auf die Hochzeitsreise gefolgt waren und sie so nachhaltig gestört hatten.
Der Ort, zu dem sie jetzt zurückkehrte, der war für Chae-Yong bestimmt nicht mehr der Ort, den sie vor wenigen Tagen verlassen hatte. An diesen Ort konnte sie nicht mehr zurückkehren. Auch wenn sie dorthin zurückkehren dürfte, sie würde es nicht tun. Sie machte nun die ersten Schritte zu einem fremden Ort, nein, zu einem neuen Ort, der ihr schon nicht mehr ganz fremd war.
Chae-Yong trat aufs Gaspedal und fuhr schneller.

Der Brunnen meiner Seele

1

Hinter ihm das Kreischen, quietschend ging die Zellentür zu. Diesmal ist es das vierte Mal. Jedes Mal, wenn er dieses Geräusch hört, fühlt er sich, als würden er und die Welt draußen durch einen scharfen Schnitt getrennt. Vielleicht könnte er besser so sagen: Etwas wie ein dicker Schwanz, den man draußen getragen hat, wird plötzlich abgehackt. Möglicherweise ist die Freiheit für ihn ja auch sowieso nicht mehr als ein Stückchen von einem solchen Schwanz. Drei Jahre lang ist er kein Mensch mehr, sondern als abgeschnittenes Stück Fleisch muss er jetzt leben.

Er sah sich rasch in der dunklen und engen Zelle um. Acht Mann. Wer der Zellenboss war, wer der Verteiler, wer das Tigerfell, also der Gutbetuchte mit den dicken Beziehungen, und wer der arme Hund war, das war mit einem Blick einigermaßen klar zu erkennen. Um die Versorgungslage der Zelle schien es nicht schlecht zu stehen. Wenn dem so war, dann hatte er bei diesem Einsitzen Glück gehabt. Kyu-Shik war kein Neuling. Um das der Zellenfamilie zu zeigen, blieb er mit einer Verbeugung an der Tür stehen und meldete sich:

„Diebstahl. Drei Jahre. Vier Sterne, Nummer 2519, Park Kyu-Shik. Für die Zukunft bitte ich um Ihr Wohlwollen."

Dass er kein Neuling war, begriff auch der Verteiler auf den ersten Blick.

„Verzieh dich neben den Abtritt da!"

Das befahl ein jugendlicher Kerl in einem autoritären Ton. Aber Kyu-Shik störte sich nicht daran. Als Ranghöherer hatte der Verteiler eben das Recht dazu. Die Macht eines Verteilers ist ungeheuer groß. Denn jeder Bissen Essen, den diese Zellenfamilie in den Mund steckt, wird ja eben von seiner Hand verteilt. Kyu-Shik ging neben das WC, das durch einen halbhohen Holzverschlag etwas abgeschirmt wurde, und setzte sich hin. Er blickte zu dem Mann hin, der neben ihm saß, um ihn zu grüßen. Als er die Häftlingsnummer sah, die sein Nachbar trug, war Kyu-Shik sehr überrascht. Nein, er war beinahe zornig. Die Nummer war 297, eine dreistellige Zahl. Das war nämlich eine Zahl für Häftlinge mit langer Strafdauer. Auch in der Zelle gibt es Anstandsregeln. Und darunter ist es eine der Grundregeln, dass man Langzeithäftlinge gut behandelt. Also, wie konnte man diesen hier neben den Kübel stecken? Wenn die Kerle in diesem Raum den Anstand nicht wahrten, dann würde das Einsitzen diesmal keineswegs angenehm werden. Lebe dein Leben, ohne anzuecken, so sagt man, und

gerade in einer Haftanstalt ist dies eine Regel, an die man sich halten muss.
Aber in dem Augenblick, als er das Gesicht des Langzeithäftlings sah, musste Kyu-Shik sich allerdings noch einmal sehr wundern. Dieses Gesicht hatte er nämlich schon einmal irgendwo gesehen. Wo und wie er diesen Menschen getroffen hatte, daran erinnerte er sich nicht. Aber dass er ihn gesehen hatte, das war sicher. Er schien Kyu-Shik nicht wieder zu erkennen. Das könnte zwar traurig sein, aber vielleicht war es auch besser so. Wenn man sein Leben als Berufsdieb verbringt, kann sich so etwas ergeben. Auf ein bekanntes Gesicht zu treffen, besonders auf eines, bei dem man sich nicht erinnert, wo man ihm begegnet ist, das ist schrecklich. Denn es könnte ja sein, dass man dem Betreffenden bei einem Einbruch begegnet ist. In einem solchen Fall ist es besser, den Unbekannten zu spielen, bis man sich wieder ganz genau erinnert und bis dann auch feststeht, dass derjenige kein Diebstahlopfer ist. Kyu-Shik gab ihm sehr vorsichtig die Hand, und mit den Augen musterte er das Gesicht des Mannes ganz aufmerksam, in seinem Kopf aber drehte er alle Erinnerungen um und um, auch die aus weit zurückliegenden Jahren, die wie der Haushalt einer mannstollen Frau ein einziges Durcheinander waren, durchstöberte sie rastlos und wiederholte dabei seinen Namen.

„Darf ich mich bekannt machen? Ich heiße Park Kyu-Shik."

Der Mann hob den Kopf und schaute Kyu-Shik an. Er gab ihm nur die Hand, den Mund machte er nicht auf. Ein kleiner, schmaler Körper, ein ganz und gar fettloses, raues, trockenes Gesicht, riesengroße Augen und eine gedrungene große Stupsnase. Und irgendwie machte er den Eindruck, als rümpfe er die Nase über etwas. Noch einmal versuchte Kyu-Shik, sich ins Gedächtnis zurückzurufen, wo es gewesen sein könnte, aber nichts kam hoch. Wahrscheinlich war er knapp über dreißig Jahre alt, damit ungefähr im gleichen Alter wie Kyu-Shik. Der Mann hatte seinen Kopf schon von Kyu-Shik abgewandt und starrte nun mit leerem Blick auf die gegenüberliegende Wand. Während Kyu-Shik ihn im Profil sah, entstand in ihm ein Gefühl, das sein Herz erkalten ließ. Sei auf der Hut, sagte es ihm.

In dem Moment spürte er neben sich jemanden und hörte eine Stimme sagen: „Machen Sie sich nicht zu viel Sorgen, Bruder!"

Es war ein Mann mit einer Goldrandbrille, der wohl fünfzig Jahre alt sein mochte. Die Nummer 3958. Es war genau der Mann, den Kyu-Shik auf den ersten Blick als das Tigerfell erkannt hatte. Über sein ganzes Gesicht strahlte ein großzügiges Lächeln. Aber „Bruder"? Dann war dieser Mann

ein Christ. Das ist zu bezweifeln. Tigerfell und dazu Christ. Das ist eine Kombination, die nicht zusammenpasst.
„Johannes der Täufer saß auch im Gefängnis. Jesus Christus wurde auch gefangen genommen und hingerichtet. Auch hier leben Menschen. Wir sind alle Brüder."
Ganz glatt kamen diese Worte aus seinem Mund hervor. Einem redegewandten und kontaktfreudigen Menschen pflegte Kyu-Shik zunächst einmal mit Misstrauen zu begegnen. Denn er selbst war weder das eine noch das andere.
„Kümmern Sie sich nicht um die Nummer 297! Der Mann ist krank. Es war immerhin Mord. Er sitzt schon seit acht Jahren hier."
Bei diesen Worten malte der Christ mit dem Finger Kreise an seine Schläfe. Der Mann ist verrückt, sollte das heißen. Kyu-Shik sah die Nummer 297 noch einmal an. Auf seinen Lippen schien flüchtig so etwas wie ein Lächeln zu erscheinen und wieder zu vergehen.
„In dieser Zelle gibt es viele Psychopathen. Der Scheißstern da ist auch einer."
Der Scheißstern genannte junge Mann trug die Nummer 4624. Er war mit Strümpfestopfen beschäftigt, hob den Kopf und starrte den Christen mit Augen voller Feindseligkeit an. Der bemerkte diesen Blick, lachte kurz auf und sagte: „Haben Sie gesehen,

wie er seine Augen rollt? Er ist doch ganz bestimmt verrückt, nicht wahr? Ein Schweinehund. Was soll das Anstarren? Mensch! Mit dem Verrückten sollte ich Geduld haben. Jesus Christus hat das auch gesagt. Vergib sieben mal siebzig Mal! Verdammt. Ich warte jetzt bloß auf das sieben mal siebzigste Mal. Selbst wenn der Justizminister mich begnadigen würde, werde ich das Gefängnis nicht verlassen, ehe ich diesem Kerl nicht eins verpasst habe."

Wenn man sah, wie der Ärger wieder in ihm hochkam und wie er vor Wut schnaubte, dann konnte man diesen Christen kaum für einen Christen halten. Freilich können auch Christen ärgerlich werden. Aber sein herausgespuckter Redeschwall war weit entfernt von der steifen Frömmigkeit, die den Christen eigentümlich ist.

„Es gibt noch einen Verrückten. Der Kerl dort ist auch etwas übergeschnappt."

Der Mann, auf den der Christ diesmal zeigte, war auch wieder jung. Er war etwa achtundzwanzig Jahre alt und trug die Nummer 2689. Er schaute zu diesem Zeitpunkt gar nicht zu dieser Seite herüber, sondern war bloß eifrig damit beschäftigt, Fäden aus einem Frottiertuch zu ziehen und sie der Nummer 4624 neben ihm zu geben, die die Strümpfe stopfte.

„Er glaubt, dass alle Menschen außerhalb des Gefängnisses getötet werden müssten, sein Vater, seine Mutter, seine Frau und auch sein Kind. Es war klug von mir, dass ich ins Gefängnis gekommen bin. Wäre ich draußen gewesen, hätte der Kerl dort mich auch getötet."

Der Christ lachte zweimal vor sich hin. Sollte einem nicht der Gedanke kommen, dass dieser Christ verrückt war? Nannte er doch diesen da und jenen da, ja alle verrückt.

„Machen wir Schluss mit dem Reden über die Verrückten! Alles, was Sie wissen müssen, ist, dass unser Zellenoberhaupt, der Verteiler und ich die einzigen Normalen in diesem Raum sind. Sie, Bruder, sehen auch nicht wie ein Verrückter aus. Das ist immerhin ein Glück."

Die beiden übrigen Männer waren alt. Sie kümmerten sich nicht darum, was der Christ sagte, sondern schauten nur auf ihr Go-Brett. Der Alte, der die schwarzen Steine setzte, sagte: „Weg da! Abgeschnitten! So einfach geht das."

„Weg da! Im Gegenzug abgeschnitten! Ganz einfach."

Jeder dieser beiden Alten saß wegen Diebstahls. Allerdings sind im Knast die meisten Diebe. In diesem Raum schien es nur einen Tellerakrobaten, also einen Betrüger, zu geben. Aller Wahrscheinlichkeit nach war es wohl der Christ. Vielleicht war es ja ein Irrtum, dass Kyu-Shik ihn für das Tigerfell gehalten hatte. Es empfahl sich, vorsichtig zu sein, damit man nicht betrogen wurde. Je tüchtiger ein

Tellerakrobat ist, desto eher kann er wie ein Tigerfell aussehen.
„Lasst uns auf Jesus vertrauen und friedlich und glücklich leben! Ist es beim Haftleben nicht das Wichtigste, die Zeit totzuschlagen? Es wäre noch besser, wenn Sie während Ihrer Zeit im Gefängnis genau wie ich Jesus Christus empfangen könnten. Ich werde Ihnen dabei helfen, junger Mann."
Kyu-Shik muss hier drei Jahre leben. Dieser Ort ist für ihn nicht einfach eine Gefängniszelle, sondern drei Jahre lang ist er sein Lebensraum. Er darf nicht voreilig handeln. Wie beim Einbruch in ein menschenleeres Haus am helllichten Tag sollte er in aller Gemütsruhe vorgehen. Er hat einen Mietvertrag für drei Jahre mit dem Justizministerium der Republik Korea abgeschlossen. In seiner Gerichtsverhandlung ist dieser Vertrag ausgehandelt worden. Unter Beteiligung der Justizverwaltung als Grundstücksmakler hat er sodann den Vertrag mit dem Justizministerium perfekt gemacht und ist schließlich in diesen Raum eingezogen.
Der Christ erging sich immer noch in seiner Tirade. „Ist denn die Welt überhaupt etwas Besonderes? Sie ist ein Gefängnis. Wir alle sind von Gott zum Tode verurteilt worden, als wir in diesem Gefängnis, das Welt heißt, geboren wurden. Dennoch ist das eigentlich ein Glück. Denn nach der Entlassung aus diesem Gefängnis können alle Gläubigen

in das Himmelreich eingehen. Sie leben ewig. Dort gibt es das so genannte Geld nicht. Weil dort kein Geld existiert, gibt es natürlich auch keine Verbrechen wie Diebstahl, Einbruch, Vergewaltigung. Auch in diesem Zimmer haben wir zwei Lusttäter. Wenn man Geld in der Tasche hat, sind auch die Frauen da, und wenn die Frauen da sind, wer begeht dann die Vergewaltigung? Wenn es kein Geld gibt, dann können wir, auch wenn wir noch so schlechte Kerle sind, überhaupt nicht sündigen. Welch eine schöne Welt ist das! Wenn man ohne Sünde leben kann, wie schön ist die Welt dann. Wenn man nur aus diesem Gefängnis herausgekommen ist, dann wird es da draußen eine solche Welt geben. Ich will unbedingt in diese Welt gehen und dort leben."

An dieser Stelle unterbrach der Christ seine Rede und wandte sich mit lauter Stimme an alle: „Liebe Brüder, lasst uns für Bruder Park beten, der heute neu zu uns gekommen ist!"

Die beiden Alten vor ihrem Go-Brett senkten den Kopf und schlossen die Augen. Die anderen taten dasselbe. Sogar der Verteiler senkte den Kopf und schloss die Augen. Nur der Zellenboss lehnte sich träge an die Wand und blätterte in einer Zeitschrift. Auch Kyu-Shik machte, ohne zu überlegen, die Augen zu. Der Christ begann, in dem typischen frommen Ton der Gläubigen zu beten:

„Gott Vater im Himmel, führe den heute zu uns gekommenen Bruder Park zum Glauben …“
Aber das fromme Gebet wurde abrupt durch eine gemeine Beschimpfung unterbrochen.
„Du da, du Scheißkerl, du machst die Augen nicht zu?“
Kyu-Shik riss seine Augen ganz erschrocken auf. Wer da schimpfte, das war der Christ. In diesem ganz unfrommen Ton fauchte er den Scheißstern mit wütenden Blicken an.

2

Der Zellenboss Chong Tae-Son, einer von denen, die man draußen in der Welt gewöhnlich Familienzerstörer nennt, war zu einer siebenjährigen Haftstrafe verurteilt worden, nachdem er bei einem Einbruch auch eine Frau vergewaltigt hatte. Er war vierschrötig und ein Mann mit Riesenkräften. Seine Arme waren so dick wie die Oberschenkel eines gewöhnlichen Mannes. Sein Heimatort sollte Chongup sein, aber er selbst nannte sich Räuber vom Bergpass Kalchae.
„Wenn es noch so wäre wie früher, dann wäre ich doch durchaus nicht verhungert, auch wenn ich auf dem Rücken dösend mit einem verrosteten Messer im Schatten der Kiefer von Kalchae gesessen und

dabei aus Langeweile vorbeigehenden Marktleuten oder buddhistischen Mönchen ganz gelassen etwas aus der Tasche geangelt hätte. Aber da ich in die falsche Zeit geraten bin, sitze ich nun eine Gefängnisstrafe ab. O weh, oje, oje, ich sehne mich nach dem Räuberrevier Ch'ongsokgol, ich sehne mich nach dem Bruder Kkok-Chong, dem Räuberhauptmann."[15]

Der Zellenboss ist auch Vorarbeiter der Kolonne für Bauarbeiten und Reparaturen. Arbeiten führt er aber nur selten selber aus. Meistens scherzt und schwatzt er mit dem Gefängniswärter oder mit dem Bauaufseher. Wenn er nach der Arbeit in die Zelle zurückkommt, legt er sich hin und schlägt die Zeit damit tot, dass er bis zur Schlafenszeit die schmutzige und zerlesene Zeitschrift durchblättert. Aber Schwatzen und in der Zeitschrift blättern, das ist nicht alles, was er tut. Er verkauft Zigaretten. Wie er das anstellt und mit wem er gemeinsame Sache macht, das kann man nicht herausfinden. Er hat wohl einen geheimen Draht zu einem Wärter, und wenn er diesem Wärter am Arbeitsplatz oder auf dem Korridor begegnet, dann ignoriert er ihn und geht einfach an ihm vorbei, um die Sicherheit zu wahren. Außerdem wird er auch mit dem einen oder anderen aus der Häftlingsputzkolonne oder von der Arbeitsaufsicht Verbindungen haben. Jedenfalls raucht er sehr gern. Dank ihm bekommen alle in dieser Zelle auch zu rauchen. Jedes Mal wenn er rauchen möchte, lässt er den Verteiler Han Kyu-Il zwei Zigaretten anzünden. Von der einen Zigarette raucht er selbst die Hälfte, dann gibt er sie Han Kyu-Il, und der raucht den Stummel dann mit Genuss ganz weit runter und gibt ihn der Nummer 297, diese gibt ihn der Nummer 4624, dem Scheißstern, weiter und der wieder der Nummer 2689, dem Deserteur. Die andere Zigarette raucht zu allererst die Nummer 3958, der Christ, Diakon Kwon, dann kommen die beiden Alten, die den ganzen Tag vor ihrem Go-Brett hocken, an die Reihe, als Letzter ist Kyu-Shik dran. Wenn die Zigarette endlich in seine Hand gelangt, dann ist praktisch nichts mehr zum Rauchen übrig geblieben. Dennoch hält er die Kippe, die so weit runtergebrannt ist, dass sie ihm die Lippen verbrennen könnte, mit zwei Fingern noch gerade eben fest und versucht mit aller Kraft, noch einen weiteren Zug herauszuholen.

Chong Tae-Son bekommt gelegentlich Besuch. Er behauptet, das sei seine Frau, aber man kann nicht dahinter kommen, ob es seine Ehefrau ist oder nur eine Geliebte, mit der er zusammenlebt. Wenn er vom Besuch zurückkommt, klagt er jedes Mal, dass auf die Weiber kein Verlass sei. Gestern hat die Frau ihm auch einen Besuch gemacht, und als er davon zurückkehrte, sagte er zum Diakon Kwon: „Diakon

Kwon, da ist noch etwas, das es im Himmelreich nicht geben sollte. Das sind die Weiber. Wenn das Geld zwar verschwinden würde, die Weiber aber nicht, dann wäre es unwahrscheinlich, dass keine Verbrechen mehr begangen würden. Ach, die verdammten Weiber."
Darauf antwortete Diakon Kwon: „Das sind unnötige Sorgen, verehrter Herr Zellenchef. Im Himmelreich wimmelt es geradezu von Weibern. Und jedes Weib, das ich zu fassen kriege, ist meins."
Mit Chongs Meinung über die Frauen hat es ja vielleicht nichts zu tun, aber er ruft Han Kyu-Il immer „He, du Weib!" Die beiden haben nämlich ein schwules Verhältnis. Das weiß jeder in der Zelle. Die beiden Männer schlafen unter einer Decke. Das Bettzeug, das die beiden benutzen, ist nicht das, was das Gefängnis bereitstellt, sondern eine dick mit Watte gefüllte Matratze und eine Decke in einem privaten Bezug, eine recht auffallende Ausführung. Draußen hätte das zwar wie ein ziemlich sonderbares Bettzeug ausgesehen, aber in einer Zellenecke, die mit den da und dort unregelmäßig mit Watte gefüllten bläulichen Anstaltsdecken vollgestopft ist, erinnert die in kunterbunten Farben gemusterte Decke an das Bett eines im Luxus lebenden altarabischen Aristokraten. Wenn man mitten in der Nacht, von einem seltsamen Laut geweckt, die Augen aufmacht, kann man sehen, dass

Chong Tae-Son unter der prächtigen Decke Han Kyu-Il ganz fest in die Arme geschlossen hat. Wenn man geduldig noch etwas wartet, dann kann man auch sehen, wie Han Kyu-Il nach einer Weile das Handtuch vom Kopfende unter die Decke zieht, um sich abschließend zu säubern. Das Ganze ist in der Tat ein schlimmer Verstoß gegen die Vorschriften. Falls die Gefängnisbehörden das herausfinden, werden sowohl Chong Tae-Son als auch Han Kyu-Il in eine Strafzelle eingesperrt und müssen mit nach hinten gefesselten Armen Hundefutter aufschlecken. Nach dem Ende dieser verschärften Haft werden die beiden dann einzeln in verschiedene Zellen eingewiesen und müssen auf immer Abschied nehmen. Aber trotzdem benehmen die beiden sich äußerst ungeniert. Eines Nachts konnte Kyu-Shik nicht schlafen und saß leeren Blickes da; dabei sah er, wie Han Kyu-Il das Handtuch zum Saubermachen unter die Decke zog. Als er seinen Augen begegnete, schämte Han Kyu-Il sich nicht, im Gegenteil, er sagte ziemlich derb: „Was zum Teufel glotzt du da?" Daher kommt es wohl nicht von ungefähr, dass der Zellenboss oder Han Kyu-Il in der Zellenfamilie etwa einen halben Apfel oder ein Stück Brot und einige Züge von den Zigaretten oder was auch immer herumgehen lassen.
Han Kyu-Il, er sitzt wegen Einbruchs plus Vergewaltigung, redet fast nie. Besuch bekommt er auch nicht.

Dreimal am Tag teilt er der Zellenfamilie das Essen aus, spült das Geschirr, wobei ihm Kyu-Shik und die Nummer 2689 helfen, und verteilt das private Essen und die Zigaretten. Ansonsten schläft er nur. An Sonntagen oder an den arbeitsfreien Regentagen schläft er buchstäblich den ganzen Tag. Wenn man ihn weckt, weil in der Kirche oder im buddhistischen Tempel ein Gottesdienst abgehalten wird oder weil eine Künstlergruppe eine Aufmunterungsvorstellung gibt, dann macht er tatsächlich widerwillig mit Mühe und Not seine Augen auf. Wenn man das beobachtet, erscheint das Aufgehen seiner Augen beinahe wie ein Wunder. Dann zwinkert er mit den schweren und dicken Augenlidern und murrt: „Wenn ich mein ganzes Leben lang schlafen dürfte, dann wäre ich wunschlos glücklich. Wie viel ich auch immer schlafe, ich habe nie genug." Es erregt Staunen und Mitleid zugleich, wenn man sieht, wie er sich sofort aus dem Schlaf erhebt, wenn das Essen kommt oder private Speisen geliefert werden oder wenn Chong Tae-Son „He, du Weib" ruft. Aber gibt es denn überhaupt eine Welt, in der man schlafend leben könnte? Vielleicht wäre so etwas in Diakon Kwons Himmelreich möglich. Von anderen Himmelreichen weiß man ja nichts, aber in dem von Diakon Kwon scheint so allerlei Sonderbares möglich zu sein. Ob sein Himmelreich nicht vielleicht diesem Knast gleicht? Das ist zu befürchten.

Sowohl Chong Tae-Son als auch Han Kyu-Il bestehen Diakon Kwon gegenüber nicht auf ihrem Willen. Das liegt daran, dass dieser mit Geld um sich wirft und der unverzichtbare Hauptabnehmer im Zigarettenhandel von Chong Tae-Son ist. Diakon Kwon kauft bestimmt einmal täglich privates Essen und lässt Chong Tae-Son und Han Kyu-Il und die Übrigen der Zellenfamilie davon probieren. Wenn man ihn nur ein wenig bei guter Laune hält, dann kauft er Zigaretten von Chong Tae-Son und verteilt sie an die Zellenfamilie. Ihm einen Gefallen zu tun ist allerdings nicht schwer. Man muss nur einfach seiner in die Länge und Breite gezogenen Predigt zuhören. Eine Predigt anzuhören, damit man rauchen kann, das ist so absurd wie in einen buddhistischen Tempel zu gehen, um Schweinerippchen zu essen. Aber dieser Ort hier ist nun mal ein Gefängnis, und im Gefängnis gibt es, je nach den Leuten, die drin sitzen, nichts, was nicht möglich wäre.
Diakon Kwon war, wie Kyu-Shik vermutet hatte, Tellerakrobat. Er hatte einen genialen Trick für seine Betrügereien erfunden, und man sagt, er sei dafür von den Betrügern des ganzen Landes, denen die Ideen ausgegangen waren und die daher am Hungertuch nagen mussten, gepriesen worden. Aber als der Trick landesweit um sich griff und die Zahl der Opfer unermesslich zunahm, setzte die

Polizei ein Sonderkommando für die Aufdeckung ein und begann, im ganzen Land strenge Nachforschungen anzustellen. So meldete sich Diakon Kwon, nachdem er sein bis zu diesem Zeitpunkt erschwindeltes Geld rechtzeitig an einem geheimen Ort versteckt hatte, selber bei der Polizei.
Bei der jetzigen Haft war er Jesus Christus begegnet. Zufällig hatte die Predigt des Pfarrers ihn neugierig darauf gemacht zu erfahren, was das Himmelreich eigentlich sei. Das soll der Anfang gewesen sein. Damals fragte er den Pfarrer:
„Was für ein Ort ist das Himmelreich?"
„Ein Ort, wo es kein Gefängnis gibt."
„Unsinn. Einen Ort ohne Gefängnis kann es nicht geben. Das weiß ich aus meinen Erfahrungen von mehreren Haftstrafen. Ohne Gefängnis wird die Welt sofort ein Chaos."
„Nein, es wird viel besser. Wenn es keine Gesetze und kein Geld gäbe, wozu würde man dann ein Gefängnis brauchen?"
Die Idee einer Welt ohne Geld drang in seinen Kopf wie der Pfeil des Wilhelm Tell.
Kein Geld, kein Geld ... Um den Sinn dieser Idee seinerseits ganz richtig zu begreifen, brauchte er einige Zeit. Nämlich ungefähr so viel wie die mühselige Zeitspanne, in der er sich den Kopf über seinen tollen Betrügertrick zerbrochen hatte, das heißt, knapp sechs Monate. Schließlich hatte er es so

begriffen: Dass es kein Geld gibt, bedeutet, dass alles kostenlos ist. Dass alles kostenlos ist, heißt, dass niemand der Besitzer der Dinge in der Welt ist. Folglich ist alles, was man tun muss, wenn man etwas haben möchte, dass man danach greift. Es ist ihm klar, dass man es dort nicht nötig hat, zu stehlen oder sich Sorgen wegen der Armut zu machen, ebenso ist es nicht nötig, den anderen durch Betrügereien Geld abzuknöpfen und die Mühe auf sich zu nehmen, neue Tellerakrobatenstücke auszutüfteln. Das Geld, das er den anderen bisher durch seine Tricks abgenommen hatte, hat er tatsächlich schon für alles Mögliche ausgegeben. Alkohol, Essen, Kleidung, Haus, Auto, Frauen … ohne so etwas kann man nicht leben. Um sich das zu beschaffen, ist Geld nötig. Und die einzige Methode, die er kennt, um an Geld zu kommen, ist die Tellerakrobatik. Aber dort soll es nicht nötig sein, Tellerakrobatik zu betreiben. Wenn man nur glaubt, soll man in einer solchen Welt leben können. Warum sollte man nicht glauben? So sind in seinen Augen das Himmelreich und der Glaube. Von da an war er ein frommer Christ. Diesem Typen verliehen Chong Tae-Son und Han Kyu-Il den Titel Diakon.

Diakon Kwon verliebte sich in die Nummer 2689, in Oh Yong-Han, der seine Strafe als Deserteur im Militärzuchthaus abgesessen hatte und nun in ein Zivilgefängnis verlegt worden war. Offen gesagt, er wollte ihn zu seinem Sex-Partner machen. Er kaufte ihm Zigaretten, er besorgte ihm Privatessen, er kaufte ihm Unterwäsche.

„Jesus Christus hat gesagt: Wer deinen Mantel begehrt, dem überlass auch noch den Rock. Im Leben sollte man einander helfen."

Aber wie viel Mühe er auch aufwandte, bis zuletzt verweigerte Oh Yong-Han sich ihm. Danach behandelte Diakon Kwon ihn als Verrückten. Es ist wahr, dass Oh Yong-Han, wenn er den Mund nur aufmacht, über seine Familie schimpft, er schimpft über seine Frau und über seine Freunde, er schimpft sogar über seine Mutter und seinen Vater.

„Sollte das Hundegesindel nicht ab und zu mal hier auftauchen, wenn es einen schon in einen solchen Ort gebracht hat? Gebt nur Acht, wenn ich hier rauskomme! Mit einem einzigen Messer werde ich sie alle umlegen."

Oh Yong-Han ist Schlächter von Beruf. Er sagt, er habe im Schlachthof Rinder geschlachtet. Er muss wohl ein geschickter Schlächter gewesen sein, denn auch nach seiner Fahnenflucht hatte er ohne besondere finanzielle Probleme gelebt, geheiratet hatte er sogar, und ein Kind war gekommen. Dass er die Eltern bei sich aufgenommen hatte, obwohl er nicht der älteste Sohn war, lag auch daran, dass er in besseren wirtschaftlichen Verhältnissen lebte als sein älterer Bruder. Nicht nur das, später hatte er auch noch den Unterhalt für die Familie des älteren Bruders bestritten. Auch seinen eigenen Wagen hatte er als Fahnenflüchtiger gefahren. Solche Tüchtigkeit kann nicht so einfach sein. Als Hauptgrund für sein Schimpfen über die Familie gibt er zwar an, dass sie ihn nicht besuchen würde, aber das stimmt gar nicht. Regelmäßig alle zwei Wochen kommt jemand von der Familie zu Besuch, einmal der Vater, ein anderes Mal die Mutter, wieder ein anderes Mal seine Frau. Also ist Oh Yong-Han deshalb mit seiner Familie unzufrieden, weil seine Eltern und seine Frau ihn nicht öfter besuchen und weil sie ihm nicht so viel Geld zur Verfügung stellen, dass er zum Tigerfell werden kann? Aber dass er als Zwanzigjähriger früh zum Militärdienst einrückte und beim ersten Urlaub nicht anders konnte als zu desertieren, das lag doch an den beschränkten wirtschaftlichen Verhältnissen der Familie. Außer ihm war niemand da, der Geld verdiente. Sein älterer Bruder war ein Taugenichts, der Politikern nachlief. Ihm kam es überhaupt nicht in den Sinn, Geld für seine Familie zu verdienen. Wenn er den Mund auftat, sprach er so fließend über den Staat und die Welt, über Politik und Wirtschaft, über die Regierung und die Parlamentarier, als ob er über die Angelegenheiten des Brikettladens oder des Miniladens in der Nachbarschaft und über deren Besitzer reden würde. Aber Geld? Das überstieg seine

Fähigkeiten und Interessen. Nachdem Yong-Han das Schlachtmesser aus der Hand gelegt hatte und zum Militär eingerückt war, war die Familie gezwungen, selbst für ihren Unterhalt zu sorgen. Von ihrer langfristig gepachteten Wohnung mussten sie in eine schlechtere zur Monatsmiete umziehen. Als er Urlaub bekam, ging er am nächsten Tag weder ins Kino noch traf er seine Freunde zum Trinken. Er musste nach seinem Messer greifen und Rinder abhäuten. Von dem Tag an, an dem er nach dem Urlaub zum Militär zurückmusste, hätten weder sein Vater und seine Mutter noch sein Bruder und dessen Frau und schon gar nicht die jungen Neffen und Nichten gewusst, wie sie den Haushalt weiterführen könnten. Deshalb hat er den Termin für die Rückkehr zum Militär überschritten und nichts getan, als weiter Rinder ins Jenseits zu befördern, aber dennoch geschah ihm nichts, und so hat er das Militär vollkommen vergessen. Er heiratete, hatte ein Kind, zog von der schlechten Mietwohnung in eine Pachtwohnung um, zahlte Raten auf ein Prämienkonto für den Hauskauf ein, legte sich ein Auto zu und lebte so ganz zufrieden. Das heißt bis zu jenem Tag, an dem plötzlich die Militärpolizei vor seiner Wohnungstür stand und seine Hände mit Handschellen fesselte.

Weil nun schon über ein Jahr vergangen ist, seitdem er hier im Gefängnis sitzt, muss seine Familie sich wieder Sorgen machen, wie sie sich über Wasser halten kann. Deshalb kann seine Familie nicht so oft zu Besuch kommen, wie sie es gerne täte, und deshalb kann sie ihm nicht viel Geld geben. Das weiß Yong-Han selbst am besten, aber trotzdem beschimpft er sie. „Wem verdanken sie denn, dass sie bis jetzt zu essen und zu leben hatten? Wie können sie mir gegenüber so gleichgültig sein? Sie sind schlimmeres Gesindel als Rinder."

Aber, vielleicht drückt er auf diese Weise seine Sorge um die Familie aus. Die Familie wird das auch schon wissen. Vielleicht weiß nur er selbst das nicht.

Dass er sich Diakon Kwon verweigert, ist nur verständlich. Es liegt vor allem daran, dass der demjenigen, den er auf der Welt am meisten hasst und verachtet, nämlich seinem älteren Bruder, allzu ähnlich ist. Die unverschämten Gesichtszüge eines reichen Geschäftsmannes, die Redegewandtheit und das großtuerische Gehabe, als ob man selbst der Allerbeste auf der Welt sei, das alles ist für Yong-Han nur zu vertraute und verhasste Schaumschlägerei. Das ist ein Mensch, an den er nicht ein Wort richten möchte, von einer sexuellen Bindung ganz zu schweigen.

Ihm stehen die Nummer 297, Shim Yong-Bae, und der Scheißstern nahe. Gelegentlich kann man sehen, wie die drei, an die Zellenwand oder an die sonnige Mauer auf dem Gefängnishof gelehnt, zusammensitzen oder -stehen. Shim Yong-Bae blickt wie tief in Gedanken versunken ins Leere. Seine Augen sind zwar offen, aber in Wirklichkeit sehen sie nichts. Neben ihm sitzt Scheißstern und ist meist wortlos in Gedanken vertieft oder weint vor sich hin. Sie wechseln kaum ein Wort miteinander. Reden, das tut nur Yong-Han. Aber sie unterhalten sich nicht, Yong-Han murmelt Beschimpfungen seiner Familie vor sich hin. „Wie ist denn so etwas möglich?" Yong-Bae und Scheißstern sitzen da und starren vor sich hin. „Benimmt man sich so dem eigenen Fleisch und Blut gegenüber?" Yong-Bae und Scheißstern reagieren überhaupt nicht darauf. „Würdet ihr euch denn nicht darüber ärgern? Nicht schimpfen?" Ob Yong-Bae und Scheißstern zuhören oder nicht, weiß man nicht, sie sitzen nur einfach so da. Dann fängt Scheißstern plötzlich an zu schluchzen. Yong-Bae hebt seine Hand hoch und klopft ihm auf die Schulter. Gesprochen wird dabei gewöhnlich nicht, aber ab und zu sagt er auch: „So hör doch auf zu weinen!" Wie sie sich verständigen und wie sie sich angefreundet haben, ist ein Rätsel. Aber dennoch sind die drei immer zusammen. Sie essen zusammen, und sie schlafen auch nebeneinander unter einer Decke.

Shim Yong-Bae ist ein Mörder. Schon seit acht Jahren ist er deshalb inhaftiert. Aber wie es zu der

Mordtat gekommen ist, weiß niemand, zumindest niemand in diesem Raum. Davon hatte er nämlich nie gesprochen. Die Zellenfamilie vermutet nur, dass er zum Stehlen in ein fremdes Haus eingestiegen ist, vom Besitzer überrascht wurde und diesen getötet hat.

Yong-Bae verbringt den Tag, ohne zu sprechen. Wenn er zur Werkstatt geht, erledigt er die ihm aufgetragenen Arbeiten fleißig. Aber gelegentlich hört er auf zu arbeiten, setzt sich plötzlich schwankend hin und starrt teilnahmslos ins Leere. In diesem Moment sieht er aus, als wäre er mit offenen Augen eingeschlafen. In die Zelle zurückgekehrt, verbringt er den ganzen Tag auf dieselbe Weise. Auch wenn ihn jemand etwas fragt, blickt er nur geistesabwesend ins Leere, obwohl er den Kopf zum Frager hinwendet. Als Kyu-Shik ihn fragte, warum er ins Gefängnis gekommen sei, oder wie viele Jahre er schon drin sitze, oder wieso er einen Menschen umgebracht habe, schaute er ihn nur eine Weile an, ohne irgendetwas zu antworten. Wie einer, der für einen Augenblick aus einem Traum aufgewacht ist, sah er aus. Sein Gesicht zeigte, dass er nicht wusste, was er gehört hatte. Jemandem in einer solchen Verfassung dieselbe Frage noch einmal zu wiederholen, nützt nichts. Er sah noch immer benommen aus, wie gerade aus dem Traum aufgewacht. Dann wanderte sein Blick ins

Leere. Er kehrte wieder in diesen tiefen Schlaf und Traum zurück.
Manchmal gibt er für sich allein etwas von sich: „Ja, so ist das.“ Es ist eher ein Laut als ein Satz. Teilnahmslos starrt er vor sich hin ins Leere, und dann gibt er einen seltsamen Laut von sich: „Ku-ung.“ Je nachdem, wie man das hört, klingt es wie das Winseln eines Hundes oder das Wimmern eines Babys. Und auch wenn ihn jemand anschaut, wird er sich dessen nicht bewusst. Nach wie vor ist er wie ein Tiefseefisch ins Wasser, nein, eher wie Seegras, tief in den Schlaf und in den Traum hineingetaucht.
Es gibt auch niemanden, der ihn besuchen kommt. Doch vielleicht bekommt er ja jeden Tag Besuch. Mag sein, dass der tiefe Schlaf und der Traum sein Besuch für die ganzen vierundzwanzig Stunden des Tages sind.
Nummer 4624 verdankt ihren Spitznamen „Scheißstern“ einem Gedicht, das er bei jedem Anlass vor sich hin murmelt. In dieser Zelle liegt schon seit längerer Zeit ein Buch mit Gedichten in schlechtem Druck mit dem Titel „Du, mein Geliebtes, wurdest Stern“; der Umschlag ist beinahe völlig zerfetzt, und da und dort wurden auch Innenseiten herausgerissen, um als Toilettenpapier zu dienen. Jeder blättert ein, zweimal darin, aber es ist eine Gedichtsammlung, in der niemand lange liest. Darin steht auch das Gedicht „Sternschnuppe“ von

Chong Chi-Yong. Das ist genau das Gedicht, das er öfters murmelt. An arbeitsfreien Tagen fordert der Zellenboss, wenn er keine Lust mehr hat, die Wochenzeitschrift durchzublättern, die anderen auf, etwas zu erzählen. Die anderen bleiben sitzen, wo sie gerade sind, und erzählen zwar mit Übertreibungen, aber plausibel von einem Film oder Geschichten, wie sie irgendwelche Frauen verführt haben, oder dergleichen. Aber wenn Scheißstern an die Reihe kommt, springt er regelmäßig auf und murmelt zwischen den Zähnen:

„Wo die Sternschnuppe fiel,
das habe ich im Herzen bewahrt.
Um am nächsten Tag hinzugehen,
ungeduldig warten, warten,
nun bin ich ganz erwachsen."

Dann setzt er sich mit einem Plumps wieder hin. Mag sein, dass Scheißstern wirklich verrückt ist, wie Diakon Kwon meint. Doch auch wenn gesagt wird, er sei verrückt, so schadet er den anderen so gut wie gar nicht. Allein und ohne Grund weint er schluchzend, allein lacht er laut auf, allein erzählt er oder führt er ein Gespräch. Allein hat er Angst, allein ist er froh, allein ist er traurig, allein leidet er. Froh ist er allerdings kaum je. Meistens ist er traurig oder leidend. Beim Schlafen, beim Essen, beim Arbeiten, auf dem Abtritt weint er laut oder wimmert, schreit laut auf, oder er stöhnt plötzlich leise, als läge er im

Sterben. Allein führt er eifrig Gespräche: „So war das nicht. Ich habe das nicht gesehen. Ehrlich! Würde ich jetzt im Gefängnis sitzen, wenn ich das gesehen hätte? Ich wäre schon längst draußen." Während er so weint oder redet, sind seine Hände nie frei von abgetragenen zerlöcherten Strümpfen oder zerrissenen Kleidern. Keinen Augenblick ruht er aus. Immer stellt er etwas her oder ist er mit Nähen beschäftigt. Gekochten Reis knetet er und formt daraus Go-Steine. Er zerbricht den Griff einer Zahnbürste, hämmert Feuerstein hinein und stellt so ein Ersatzfeuerzeug her, das man in der Zelle „Tag" nennt. Aus dem Rest der Zahnbürste meißelt er eine nackte Frau. Die Zellenfamilie denkt, dass er den Verrückten spielt, damit er auf die Krankenstation verlegt wird oder damit er etwas früher entlassen wird. Auch wenn er verrückt tut, versteht er gut, was die anderen sagen, und das alltägliche Leben bewältigt er ohne Schwierigkeiten. Er war Kraftfahrzeugmechaniker. Ein Wagen, den ein Kunde nur zum Öl- und Filterwechsel in der Werkstatt gelassen hatte, verschwand in dieser kurzen Zeit. Die Untersuchung ergab, dass er den Wagen gestohlen hatte. Nicht nur das, es wurde auch festgestellt, dass er solche Wagendiebstähle schon seit längerer Zeit begangen hatte. Deswegen wurde er zu zwei Jahren Gefängnis verurteilt. Aber er sagt, dass er das nicht getan habe. Er wisse gar nichts davon. Er habe ein falsches Geständnis abgelegt, weil die Kriminalbeamten ihn geschlagen und gefoltert hätten.

Manchmal, wenn er wieder bei Sinnen ist, rühmt er sich seiner Fertigkeiten. Seine Aussagen richten sich nicht an jemand Bestimmten, sondern er spricht einfach vor sich hin. Wenn man ihn nackt auf einen Autofriedhof stelle, könne er aus dem Autoschrott ohne weiteres drei bis vier Autos herstellen. Und er sei überzeugt, dass er mit so einem Auto eine Wettfahrt mit einem Mercedes machen könne und nicht verlieren werde. Aber unglücklicherweise ist dies hier kein Autofriedhof, sondern ein Knast. Also sitzt er, schon fast am Ende seiner Zeit, allein weinend und leidend im Gefängnis. Nur noch fünf Monate bleiben ihm, bis er den mit unbegrenzten Schätzen gefüllten Autofriedhof betreten wird.

Aber es sieht nicht so aus, als ob die restlichen fünf Monate leicht für ihn würden. Denn Diakon Kwon, der an der Verführung des Oh Yong-Han gescheitert war, hat seit einiger Zeit angefangen, den Scheißstern zu verführen. Die Methode, die Diakon Kwon sich diesmal ausgedacht hat, hat ganz verschiedene Seiten. Wenigstens am Anfang war das so. Er forderte ihn auf, zusammen mit ihm zu beten oder die Bibel zu studieren, er redete ihm gut zu, oder er gab ihm Zigaretten oder kaufte ihm Privatessen, wobei er sein Lieblingswort von Jesus zitierte:

„Wer deinen Mantel begehrt, dem überlass auch noch deinen Rock“, aber wenn er nicht auf ihn hörte, quälte er ihn unerbittlich. Von diesen Methoden machte er abwechselnd Gebrauch. Für eine Methode, die ein hochberühmter Tellerakrobat ersonnen hatte, waren diese Quälereien schon ziemlich grob. „Kehr den Raum aus! Schrubbe den Holzboden! Mach den Kübel sauber! Wasche die Wäsche!“ Zum Glück fallen solche Arbeiten dem Scheißstern nicht so schwer, weil es ja praktisch sein Hobby ist, immer tätig zu sein. Aber kaum berührt Diakon Kwon tastend seinen Körper, so schreit er sofort wie ein von einem Löwen gerissener Hirsch und vergießt Ströme von Tränen.
Diakon Kwon scheint zur Zeit genug davon zu haben. Ohne ihm Zigaretten zu geben oder privates Essen zu kaufen, quält er ihn, sobald er nur in Sicht kommt. „Wie sieht denn die Zelle aus, du Schlampe! Schrubbe sie noch einmal! Wie viel Wasser verbraucht das verdammte Weib zum Waschen eines Putzlappens? Ab morgen wäschst du dir eine Woche lang das Gesicht nicht! Ich habe gesagt, die Zelle putzen, aber das Weib hat den Kübel vergessen. Mach den Kübel aber richtig sauber, du Schlampe! So sauber, dass man hineingefallene Reiskörner herausfischen und noch essen kann. Ab heute Abend werde ich es so einrichten, dass du wirklich daraus fressen wirst. Wenn du mit dem

Putzen fertig bist, verzieh dich neben den Kübel, du Schlampe! Mir juckt der Schwanz ohnehin. Warum läufst du noch brünstig hin und her, du verdammtes Weib?“

Die Zellenfamilie gluckst vor Lachen, wenn sie so etwas hört. Wer am lautesten lacht, das ist einer von den beiden Alten. Er ist ein Gewohnheitsdieb, Nummer 3951, Kim Yong-Ki. Er möchte für das Tigerfell Diakon Kwon Partei ergreifen, um einen Zug mehr aus der Zigarette oder einmal mehr privates Essen zu bekommen. Diakon Kwon ärgert das.

„Was gibt es denn da zu lachen, dass er alle seine Zähne zeigt, der alte Trottel? Findet er das alles so gut? Warum nicht? Er ist ja wie gemacht fürs Einsitzen.“

In der Tat scheint Kim Yong-Ki wie geschaffen für das Leben im Gefängnis. Er mag ein bisschen niederträchtig aussehen, aber im Grunde ist er naiv wie ein Kind. Er bekommt nie Besuch, aber er erwartet auch überhaupt keinen. Er sagt, wenn es anfange kalt zu werden, begehe er absichtlich einen kleinen Diebstahl. Wenn er nicht erwischt wird, verkauft er die gestohlenen Sachen und lebt davon einige Tage mit Schnaps und Essen recht angenehm. Wenn er erwischt wird, überwintert er in der Zelle, wo ein Dach den Himmel abschirmt und die Wände gegen die Kälte schützen. Warum soll er sich Sorgen machen, wenn er dort Essen, Bettzeug und ein Zimmer bekommt? Wer würde ihm so etwas geben, wenn er rauskäme? Niemand. Hätte er einen Freund, wenn er rauskäme? Nein. In der Zelle entstehen auch die Freunde von selbst. Eingesperrt in einem Zimmer bleibt einem zwar nichts anderes übrig, als Freunde zu werden, aber das ist viel besser, als keinen Freund zu haben.

„Schau, was ist das Leben? Ich war einmal einer, der über Milliarden verfügen konnte. Es nützt alles nichts. Ob man Milliarden mit seiner Hand bewegt oder ob man auf der Straße eine Blechdose vor sich hinstellt, sich die roten Hände reibt und um Essen bettelt, das macht im Leben keinen Unterschied. Ethik und Moral, die taugen zu nichts. Überall leben die gleichen Menschen, aber in der einen Welt ist es Gastfreundschaft, wenn man dem Freund, der zu Besuch kommt, die Ehefrau ins Bett schickt, und in der anderen Welt provoziert das zum Mord. Zu leben, wie es einem behagt, das ist am besten. Ich bin innerlich ganz ruhig. Vielleicht werde ich so weiterleben, bis ich hundert Jahre alt werde. He, du, mach deinen Zug beim Go-Spiel! Setzt du nicht, weil du dir wieder Sorgen um deine Kinder machst? Das Leben geht weiter, wenn du dir Sorgen machst, und das Leben geht weiter, wenn du dir keine Sorgen machst. Setz nur einen Stein!“

Einerseits klingt das wie die Rede eines Erleuchteten, andererseits klingt es wie die Rede eines Gescheiterten. Aber vielleicht sind erleuchtet und gescheitert ja auch nur die beiden Seiten derselben Medaille.

Die Nummer 5211, Kwak Won-Chong, der mit dem Erleuchteten, der kein Erleuchteter ist, immer den Erleuchteten spielt, wird zu den Alten gezählt, in Wirklichkeit jedoch ist er noch in den mittleren Jahren, nämlich Anfang der Fünfziger. Aber da er weißhaarig ist, behandelt die Zellenfamilie ihn wie einen Alten, und er selbst hält diese Behandlung auch für selbstverständlich. Auch Diebstahl, zu anderthalb Jahren Gefängnis verurteilt. Sein Gesicht, kaum größer als eine Faust, ist runzelig und voller Falten wie das Gesicht eines Schimpansen. Seine kleinen Augen, die so aussehen, als habe der Schöpfer sie im letzten Moment noch schnell geschnitzt, nachdem er sie ganz vergessen hatte und beinahe schon an ihm vorbeigegangen wäre, schielen ein wenig. Aber die Augen, in denen alle Sorgen der Welt enthalten sind, blicken düster und trübe. Seine Redeweise ist immer etwas mürrisch. Auch wenn er lacht, klingt vom Boden dieses Lachens noch der Verdruss mit.

Von Zeit zu Zeit besucht ihn seine Frau, die ihm Geld gibt und Privatessen kauft. Aber Kwak Won-Chong freut sich gar nicht darüber, im Gegenteil, er beschwert sich bei seiner Frau: „Komm nicht zu Besuch, gib mir kein Geld, kauf mir kein Privatessen!“ Er meint wohl wirklich, sie brauche nicht zu kommen und es sei nicht nötig, ihm Geld zu geben. Von dem Geld, das seine Frau ihm zur Verfügung stellt, gibt er keinen Pfennig aus, sondern er versteckt es gut. Er hat auch die Zigaretten, die der Zellenboss herumgehen lässt, nicht rauchen wollen. Er hatte sich nämlich entschlossen, im Gefängnis das Rauchen aufzugeben. Aber wenn er nicht raucht, dann könnte er vielleicht bei passender Gelegenheit den Spitzel für die Gefängnisverwaltung spielen. Das haben jedenfalls der Zellenboss und der Verteiler befürchtet, und deshalb haben sie ihn beinahe gezwungen zu rauchen.

Immer wieder macht er sich Sorgen um seine Familie. Beim Go-Spielen Sorgen, beim Arbeiten ebenfalls Sorgen, an einem Tag Sorgen wegen der Kinder, am anderen Tag Sorgen wegen der Frau, und wieder an einem anderen Tag Sorgen ums Überleben, die Sorgen nehmen kein Ende. „Der Kerl geht bestimmt nicht regelmäßig ins Lehrinstitut zum Wiederholungskurs für die Uni-Aufnahme, schwänzt die Stunden und bummelt herum … Dieser Kerl hört weder auf meine Frau, noch hört er auf seine ältere Schwester, nur wenn er geschlagen wird, täuscht er gezwungenermaßen Gehorsam vor, dieser Kerl, wie kann man den nur erziehen?

Dieser Durchfaller und Wiederholer, der hat irgendwo zu früh Trinken und Rauchen gelernt, und wenn die Mutter ihm kein Geld fürs Trinken gibt, dann misshandelt er sie … Wer weiß, ob sie vom Verdienst der Frau genug zu essen haben. Bei feuchtkaltem Wetter bekommt die Frau immer Rückenschmerzen und kann dann die Glieder nicht bewegen. Wenn dieser verfluchte Winter doch etwas schneller vorüberginge!“ Wenn er sich keine Sorgen macht, bereut er etwas: „Wir hätten die Heimat nicht verlassen sollen. Hungert denn jemand, der Landwirtschaft betreibt, wenn auch nur als Pächter? Das habe ich nicht gewusst, dass ein Leben, in dem man keinen Hunger leidet, ein Paradies ist. Wie groß war unsere Habgier, dass wir überhaupt nach Seoul hinaufgingen! Die Frau wurde auf ihre Weise verdreht, die Kinder wurden wiederum auf andere Weise verdreht, und ich sitze in meinem Alter hier im Knast. Warum muss denn das Menschsein so erbärmlich sein! Mit welchem Gesicht kann ich jetzt die Kinder schelten, was immer sie Schlechtes tun? Alles ist verdorben. Nun müssen wir zur Heimat zurückkehren … Als Pächter werde ich wieder Äcker bestellen, gekochten Reis essen, die Kinder gedeihen sehen, ein, zwei Rinder halten und auch einige Schweine züchten. So bescheiden hätte ich leben sollen, welches Wohlleben habe ich mir denn vorgestellt, dass ich nach Seoul kam …“

Aber, in der Zelle darf man sich nicht einmal nach Herzenslust Sorgen machen. Denn Diakon Kwon erteilt einem rücksichtslos eine scharfe Rüge. „Nun hör schon auf, du Scheingreis! Hast du nicht davon weiße Haare gekriegt? Dass die Haare nicht alle ausgefallen sind, ist schon ein Glück. Du bist doch noch gar nicht so alt, warum quengelst du den ganzen Tag wie ein schwachsinniger Greis?“
Es ist zwar äußerst selten, aber gelegentlich gibt es einen, der dem Diakon Kwon widerspricht. Zum Beispiel eben einer wie der Kwak Won-Chong. Mit seinem runzeligen Gesicht und den nicht ganz richtig eingestellten Augen blickt er zu Diakon Kwon hin und entgegnet barsch: „Was geht dich das an, dass ich meine Strafe absitze und mir meine Sorgen mache? Welch verdammten Mist man doch erlebt!“
Der Zellenboss fürchtet solche Streitigkeiten. Denn wenn durch einen solchen Streit das Verhältnis untereinander sehr gespannt ist, dann besteht wieder die Gefahr der Spitzelei. Darum beendet er den Streit mit einem Wort. „Diakon Kwon, warum bist du so zappelig wie ein an Hämorrhoiden leidender Hund? Soll man deinetwegen mit Unruhe im Gefängnis sitzen?“
Diakon Kwon gehorcht dem Wort des Zellenbosses jedes Mal sofort. Wenn der Verteiler mit seinem feinen Gespür meint, die Stimmung sollte gelockert werden, dann zündet er Zigaretten an und verteilt

sie an die ganze Familie. Genau wie die alten Indianer in Amerika versöhnen sie sich beim Rauchen. Dafür gibt es einen einsichtigen Grund. Der Zellenboss hat vor, während seines Gefängnisaufenthaltes wenigstens einhundert Millionen Won zu verdienen. Das ist nichts Unmögliches. Eine Schachtel Sol-Zigaretten kostet draußen zweihundert Won, hier aber zweihundertausend Won. Für den Zellenboss sind also Versöhnung und Frieden sehr wichtig. Gibt es keine Versöhnung und keinen Frieden, gibt es auch keinen Handel. Zerbricht der Friede in diesem Raum, bekommt sein geheimer Verbindungsmann kalte Füße und unterbricht die Lieferung der Zigaretten. Daher ist die Haft für ihn kein bloßes Absitzen der Strafe, sondern ein Geschäft.

Wovor der Zellenboss in Wirklichkeit am meisten Angst hat, das ist nicht solch ein kleiner Streit, sondern die Nummer 297, der Shim Yong-Bae. Vor sieben Monaten ist Shim Yong-Bae in diese Zelle verlegt worden. Die Zelle, in der er gesessen hatte, war nämlich aufgelöst worden. Es ist ein äußerst ungewöhnlicher Vorgang, dass eine Zelle während der Haftzeit aufgelöst wird. Wenn es keine schwer wiegenden Vorfälle wie etwa einen Ausbruch aus dem Gefängnis oder einen Mord gibt, vermeidet die Gefängnisleitung es, eine Zelle aufzulösen und die Insassen zu trennen und auf diese Zelle und jene Zelle zu verteilen. Dem Gerücht nach wurde die Zelle wegen Shim Yong-Bae aufgelöst. Er hatte nämlich der Gefängnisleitung alle Verstöße der Zelle gegen die Vorschriften gemeldet, wie Rauchen, Homosexualität, die gewalttätige Erpressung von Schutzgeldern durch den Zellenboss und den Verteiler und so fort. Es ist auch das Gerücht im Umlauf, dass Shim Yong-Bae ein Spitzel des Sicherheitsinspektors sei. Aber nach Ansicht von Chong Tae-Son ist Shim Yong-Bae kein Spitzel. Die Gefängnisleitung kann doch unmöglich einen solchen Typen, der schon den Verstand verliert, zum Spitzel machen. Wenn dem so ist, warum hat Shim Yong-Bae dann so etwas getan? Da gibt es nur einen Grund. Er ist ja ein so genannter Langzeithäftling. Dennoch werden die Insassen der Zelle ihn bestimmt vernachlässigt haben. Deshalb behandelt Chong Tae-Son ihn ganz besonders gut. Dass ihm ein Schlafplatz in der Nähe des Kübels zugewiesen wurde, das hatte Shim Yong-Bae selbst so gewollt. Chong Tae-Son schenkte dem Shim Yong-Bae eine private Decke. Nicht nur das, beim Herumgeben der Zigaretten nimmt er einmal am Tag Shim Yong-Bae als Ersten an die Reihe, und auch beim Verteilen des privaten Essens, wie Kuchen, Obst oder Grillhähnchen, gibt er ihm etwas mehr. Auf diese Weise hat er ihn beschwichtigt. Infolgedessen hat Shim Yong-Bae bislang keine Schwierigkeiten bereitet, sondern verbringt seine Tage ruhig, ruhig wie ein Schlafender.

Chong Tae-Son wünscht sich von Herzen, dass er bis zum Tag seiner Entlassung so ruhig, friedlich und angenehm leben kann. Er möchte mit den einhundert Millionen Won, die er bei der Entlassung mitnehmen will, einen kleinen Kramladen eröffnen und friedlich leben, ohne je wieder aus dem Blechnapf fressen zu müssen. Darüber hinaus hat er keine Wünsche mehr.

3

Der Vorfall begann mit einer Garnitur Unterwäsche. Diakon Kwon hatte das ganze warme Wasser, das man für diesen Tag erhalten hatte, habgierig für sich allein in den Waschraum mitgenommen, und nachdem er sich damit gebadet hatte, kam er mit gerötetem Körper heraus und stand nackt mitten in der Zelle. „Ach, war das erfrischend!", rief er und öffnete dabei seinen Gefängniswäschebeutel, um Unterwäsche zum Anziehen herauszuholen. Aber da gab es keine Unterwäsche mehr. Er war sich ganz sicher, es musste noch eine Garnitur mit Unterhemd und Unterhose geben, nicht mal die Verpackung hatte er aufgerissen, aber es war nichts zu sehen.

„Wer war das? Welcher Halunke hat sie verschwinden lassen?"

Unter seinen Leisten baumelte der schwarze Penis hin und her, während er das brüllte. Alle wichen seinem Blick aus.

„Auch gut! Ich werde schon herauskriegen, wer der Täter ist, das sag ich euch! Verteiler, wenn du noch Unterwäsche übrig hast, leih mir eine Garnitur davon!"

Beim Zellenboss liegt ein ganzer Stapel Unterwäsche. Im Gefängnis spielt die nämlich die Rolle des Geldes. Diakon Kwon zog die vom Verteiler herausgesuchte Wäsche an und begann dann sofort wie ein Detektiv die anderen zu verhören. Wen er verdächtigte, das waren die, die keinen Besuch bekamen und daher kein Geld hatten, also Park Kyu-Shik, den Scheißstern, Shim Yong-Bae und Kim Yong-Ki. Shim Yong-Bae, ob er nun etwas mitbekommen hatte oder nicht, blickte nur vor sich hin ins Leere, die anderen sahen so aus, als ob sie Angst hätten, der Verdacht fiele auf sie. Aber niemand meldete sich. Ihre Bündel wurden gründlichst durchsucht, aber die Unterwäsche von Diakon Kwon kam nicht zum Vorschein. Die Untersuchung gelangte schnell an ihr Ende, doch Diakon Kwon gab keineswegs auf. Er verkündete vielmehr: „Aufstehen und Hose runterziehen!"

Als Erster stand Kim Yong-Ki auf und ließ seine Hose fallen. Vor Schmutz starrende vergilbte Unterwäsche kam zum Vorschein. Kichernd meinte

Diakon Kwon: „Wechsle deine Unterwäsche mal! Wie siehst du denn aus, mein Alter!"
Kim Yong-Ki kicherte auch, Chong Tae-Son und Han Kyu-Il fingen ebenfalls an zu lachen. Eine Zeit lang dachte man, der Vorfall könne vielleicht durch Lachen beendet werden, und so stellte sich eine optimistische Stimmung ein. Scheißstern stand auch auf und zog seine Hose runter. In seiner Unterwäsche waren Löcher, also war wohl klar, dass sie nicht gestohlen war, dennoch kontrollierte Diakon Kwon unnötigerweise noch die Marke der Unterwäsche. Die war auch eine andere.
„Gut, zieh dich an! Oder aber zieh dich ganz aus!" Dreckig lachend sagte Diakon Kwon das zum Scheißstern. Und der reagierte darauf ganz unerwartet mit einem Satz: „Sagten Sie nicht, Jesus habe gesagt, ‚Wer deinen Mantel begehrt, dem überlass auch noch deinen Rock'?"
Im Raum brach Gelächter aus. Wer nicht lachte, das waren nur Scheißstern selbst und Shim Yong-Bae. Nein, da war noch einer: Diakon Kwon. Dessen Gesicht lief plötzlich rot an, und er fiel wie rasend über Scheißstern her. Von einem Faustschlag ins Gesicht getroffen, fiel der wie ein Stein zu Boden. Diakon Kwon setzte sich rittlings auf den gefallenen Scheißstern und schlug und trat auf ihn ein.
Der Zellenboss hatte die Lage zu spät erkannt, um sie noch in Ordnung bringen zu können; er winkte

dem Verteiler mit den Augen und sagte kurz angebunden: „Eine Decke!“
Der Verteiler stand sofort auf, breitete eine der Decken vom Stapel in der Ecke aus und deckte damit den Scheißstern und den Diakon Kwon zu, die sich auf dem Fußboden weiterrauften. Dadurch sollte verhütet werden, dass man das Geschrei der beiden draußen hörte und dass sie vom Aufseher erwischt wurden. Aber Scheißstern stöhnte nur manchmal auf, laut war eher der Diakon Kwon. Er überschüttete den Scheißstern mit einer Flut von Schimpfworten und schlug und trat weiter auf ihn ein.
In diesem Moment geschah es: *Wwau-Wwau!* Irgendwo bellte laut ein Hund. Erschrocken schauten alle in die Richtung, aus der der Laut kam. Es war Shim Yong-Bae. *Wwau-Wwau,* wieder bellte er wie ein Hund. Es klang so echt, dass es von richtigem Hundegebell nicht zu unterscheiden war. Alle sahen ihn entgeistert an. *Krrrrr!* Diesmal knurrte er wie ein aufgebrachter Hund, der droht. Sogar Yong-Baes Gesichtsausdruck ähnelte dem eines Hundes, er schnitt drohende Grimassen, fletschte alle Zähne, Eckzähne, Backenzähne, sogar Zahnfleisch wurden sichtbar, und knurrte ununterbrochen wie ein Hund. Aus seinem Mund tropfte Speichel. Sein Gesicht wurde plötzlich schwarzrot. Die Augen funkelten. Zumindest in diesem Augenblick war er kein Mensch mehr, sondern ein Hund. Für alle sah

er so aus. Dann fiel er unversehens über Diakon Kwon her. Als der sich wehrte, rutschte die Decke zur Hälfte weg, sodass sein nackter Oberkörper sichtbar wurde. Jemand schrie kurz „Ah“, weil er dachte, Yong-Bae könnte den Diakon Kwon beißen. Aber er biss nicht. Er hielt nur das furchtbar verzerrte, schwarzrote Gesicht, dieses Gesicht eines böse gewordenen Hundes dem Diakon Kwon entgegen und knurrte ihn weiterhin an. *Krrrrr.* Diakon Kwon sprang erschrocken auf und machte ein paar Schritte zurück. Yong-Bae kam ihm nicht nahe, sondern starrte ihn immer noch knurrend nur an.

„Wa...was ist denn mit dem Kerl da los?“, stotterte Diakon Kwon. Es war nichts anderes als der Notschrei eines Hundes, der um Hilfe bat. Doch, da war niemand, der half. Da war auch niemand, der antwortete. Alle blickten nur wie im Schock zu Yong-Bae, nein, zu dem Hund hin, der plötzlich in der Zelle aufgetaucht war.

Zögernd schob Scheißstern die Decke beiseite, setzte sich und wischte das Blut ab, das aus seiner Nase tropfte. Sein Gesicht hatte hier und da blaue Flecken bekommen. Als er Speichel ausspuckte, kam Blut aus seinem Munde. Yong-Bae bellte den Diakon Kwon noch einmal laut an und knurrte weiter.

„Hör doch auf! Aufhören! Was soll das, wo wir doch alle zusammen hier im Knast sitzen?“

Der Zellenboss sagte das, er hatte sich wieder gefasst. Diakon Kwon, immer noch voller Angst, brachte es nicht fertig, seinen Blick von Yong-Bae abzuwenden, und Yong-Bae knurrte ihn auch noch weiter an wie ein Hund und fletschte mit dem furchtbar verzogenen schwarzroten Gesicht die Zähne. Aber allmählich gewann sein Gesicht seine normale Farbe zurück, und die Zähne verschwanden hinter den Lippen.
Der Zellenboss war damit beschäftigt, die Lage wieder in Ordnung zu bringen.
„Gib Zigaretten herum!"
Der Verteiler zündete eilfertig Zigaretten an und ließ sie herumgehen. Yong-Bae ging langsam rückwärts zu seinem Platz zurück. Diakon Kwon konnte immer noch absolut nicht begreifen, was sich da abgespielt hatte, alle anderen auch nicht. Vor lauter Angst hatten sie eine Gänsehaut bekommen. Wie konnte ein Mensch solche Züge annehmen! War Yong-Bae etwa kein Mensch, sondern ein Hund? Aber jetzt blickte Yong-Bae nur wieder mit ruhigem Gesicht ins Leere. Unversehens war er in den Schlaf und in den Traum seines Dämmerzustandes zurückgekehrt.
Scheißstern begann zu schluchzen. Der Verteiler bot ihm eine Zigarette an und sagte: „Wein doch nicht, hör auf zu flennen! Was ist denn dabei schon so schlimm für einen jungen Mann!"

Aus Scheißsterns Mund kamen gemurmelte Worte. Kaum vernehmbar für die anderen, sagte er mit weinerlicher Stimme: „Wo die Sternschnuppe fiel, das habe ich im Herzen bewahrt. Um am nächsten Tag hinzugehen, ungeduldig warten, warten, nun bin ich ganz erwachsen …"

4

In dieser Nacht ging dem Diakon Kwon ein schon lang gehegter Wunsch in Erfüllung. Endlich hatte er Scheißstern in sein Bett hineinbekommen. Als es Zeit zum Schlafen wurde und man das Bettzeug zurechtmachte, sagte Diakon Kwon zum Scheißstern: „Du, komm du hier rein!"

Scheißstern hörte auf, sein Bettzeug zurechtzulegen, blieb plötzlich stehen und starrte den Diakon Kwon an. Dessen Bettzeug lag schon da. Es war nicht so breit und so prächtig wie das vom Zellenboss, aber es nahm, bedeckt mit zwei privaten Decken, viel mehr Platz ein als die Schlafstellen der anderen Häftlinge, sodass es ein recht bequemes Lager abgab. Mit weit aufgerissenen Augen drängte Diakon Kwon ihn: „Willst du denn nicht hier rein?"

Scheißstern legte das Bettzeug, das er hatte ausbreiten wollen, einfach hin und ging zum Diakon Kwon. Der befahl ihm wieder: „Kriech hier rein!"

Scheißstern kroch wortlos unter die Decke und legte sich hin. Und Diakon Kwon legte sich neben ihn. Alle anderen erkundeten mit ängstlichen Augen, wie Shim Yong-Bae darauf reagierte. Sie machten sich nämlich Sorgen, er könne diesmal wieder etwas Verrücktes anstellen. Aber er war nur eifrig mit seinem Bettzeug beschäftigt.
Vom folgenden Tag an wurde der Platz von Scheißstern verlegt, und er saß nun neben Diakon Kwon. Beim Rauchen hatte sich die Reihenfolge auch geändert, Scheißstern kam gleich nach ihm oder manchmal auch vor ihm an die Reihe. Zunächst wurde Scheißstern auch etwas mehr oder etwas besseres Privatessen zugeteilt. In der Werkstatt wurde er von Diakon Kwon bevorzugt und brauchte nur leichte Arbeiten zu erledigen, was der Vorarbeiter übersah. Aber dem Scheißstern gefiel das alles nicht. Er vermied den Platz neben Diakon Kwon und wollte lieber seinen angestammten Platz, nämlich den Platz neben Shim Yong-Bae einnehmen. Beim Rauchen wollte er sich auch an die alte Ordnung halten, und er wollte nicht annehmen, was er an Privatessen in größerer Menge oder besserer Qualität bekommen sollte, in der Werkstatt verließ er Diakon Kwon bei jeder sich bietenden Gelegenheit und machte wie früher irgendwelche schweren Arbeiten, bei denen er ins Schwitzen geriet. Das alles sah nach einer verzweifelten Anstrengung aus.

Wenn er auch unter Kwons Drohungen seinen Körper hingeben musste, so wollte er doch wenigstens nichts dafür annehmen; er ließ sich zwar entehren, aber er hatte sich nicht verkauft, das wollte er nämlich durch diese verzweifelten Anstrengungen sich selbst und seinen Zellengenossen beweisen.

Aber Diakon Kwon wollte das nicht zur Kenntnis nehmen. Er kaufte zwei Grillhähnchen. Eins war für den Zellenboss bestimmt. Das andere nahm Kwon für sich, im Sitzen riss er einen Hähnchenschenkel ab und hielt ihn zuerst Scheißstern vor. Der schüttelte den Kopf. Diakon Kwon bot ihm das Fleisch noch einmal an. Scheißstern lehnte wiederum ab. Diakon Kwons Augen loderten vor Zorn. Mit verbissenem Gesichtsausdruck nötigte er ihn noch einmal zum Essen. Auch diesmal lehnte Scheißstern ab. Da schleuderte Diakon Kwon den Hähnchenschenkel gegen Scheißstern und fiel mit geballter Faust über ihn her. „Willst du essen? Oder willst du sterben?"

Inzwischen hatte Kim Yong-Ki den Hähnchenschenkel aufgehoben und ging damit zu Scheißstern. „Iss nur, du solltest eben auch die gute Absicht des Gebenden bedenken, junger Mann."

Scheißstern nahm den Hähnchenschenkel in die Hand. Aus seinen Augen begannen Tränen zu fließen. Unter Tränen führte er den Hähnchenschenkel ganz langsam zum Mund.

In diesem Augenblick geschah es.
„Für den Vorfahren des Hundes wird der Wolf oder der Schakal gehalten." Unvermittelt sagte das jemand mit lauter Stimme. Man hörte mit dem Hähnchenessen auf und schaute in die Richtung, aus der der Laut kam. Es war Shim Yong-Bae. Er blickte mit den nicht richtig stehenden Augen wie immer träumend vor sich hin ins Leere und murmelte, als lese er ein Buch:
„Aber es gibt auch Forscher, die annehmen, der Vorfahre des Hundes sei der in Australien wild lebende Dingo oder ein Wildtier, das dem in Südasien halbwild lebenden Hund ähnlich war und für ausgestorben gehalten wird."
Was sollte das heißen? Einerseits empfanden sie Angst, andererseits spürten sie Interesse, das Hähnchen vergessend, starrten sie ihn an. Die Worte von Shim Yong-Bae wurden zusehends lauter und deutlicher. Das Weinen von Scheißstern wurde auch immer lauter, aber davon nahm niemand Notiz. Denn Shim Yong-Bae schlug sie alle in seinen Bann. Wie sollte man verstehen, warum jemand, der bis jetzt ohne zu sprechen gelebt hatte, auf einmal fließend solch einen langen Vortrag hielt? Und weil sie das nicht verstehen konnten, war es ihnen noch unheimlicher.
„Der älteste Beleg dafür, dass der Mensch den Hund domestizierte, ist der Hund aus der Höhle

von Berth in Persien, der etwa aus der Zeit von 9500 vor Christus stammt. Der nächste Beleg ist der Hund aus Senkenberg im westlichen Deutschland, der etwa von 9000 vor Christus stammt. Weil der Hund von Senkenberg in der Größe und in der Gestalt der Schädelknochen dem australischen Dingo erstaunlich ähnlich ist, wurde er von der Forschung viel beachtet. Ausgrabungen bezeugen, dass der Mensch schon in der jüngeren Steinzeit verschiedene Hunderassen gezüchtet hat. Die erste Domestizierung des Hundes gehört nach den Schlussfolgerungen aus den Ausgrabungen spätestens in die vierte Eiszeit."

Der Verteiler flüsterte dem Zellenboss ins Ohr: „Ob der Kerl in diesem Zustand nicht wieder zu bellen anfängt wie schon einmal?" Er konnte nicht umhin, in Shim Yong-Bae immer wieder nicht einen Menschen, sondern einen Hund zu sehen. „Reize ihn nur nicht!", gab der Zellenboss dem Verteiler zu verstehen und führte, scheinbar gelassen, das Hähnchen zum Mund.

„Unter den bodenständigen Hunden Afrikas gibt es immer noch eine Rasse, die sich nur einmal im Herbst fortpflanzt. Daraus kann man schließen, dass der Hund sich ursprünglich wie andere Tiere auch nur einmal im Jahr gepaart hat, dass aber die Fortpflanzungszeit im Laufe der Domestizierung unregelmäßig wurde und schließlich den heutigen Stand erreicht hat. Am häufigsten werfen Hunde im Frühjahr und im Herbst Junge. Die Tragezeit beträgt zweiundsechzig bis achtundsechzig Tage, und von einer Mutter können zwar ein bis zwölf Junge geworfen werden, aber gewöhnlich sind es vier bis sechs Junge. Das Junge saugt sechs bis sieben Wochen lang Milch aus den Zitzen des Muttertieres, und nach etwa vier Wochen füttert die Mutter ihre Jungen mit vorgekauter, halb verdauter fester Nahrung. Die Lebensdauer beträgt allgemein zwölf bis sechzehn Jahre. Aber die Fortpflanzungsfähigkeit des Weibchens lässt ab dem fünften Lebensjahr nach, und nach dem achten verliert es sie völlig."

Shim Yong-Baes Stimme wurde immer lauter, jetzt war sie über die Zelle hinaus im Korridor zu hören. „Der am besten entwickelte Sinn des Hundes ist der Geruchssinn. Nur mit seiner Hilfe unterscheidet er das Geschlecht und die Individuen, auch bei der Jagd macht er davon Gebrauch. Aber der Gehörsinn ist ebenfalls sehr gut entwickelt. Im Vergleich zum Menschen kann der Hund Geräusche noch aus einer viermal größeren Entfernung hören. Während der Mensch nur Schallwellen zwischen sechzehn- und zwanzigtausend Hertz hören kann, ist der Hund imstande, sogar Geräusche von hundertzwanzigtausend Hertz zu hören."

Shim Yong-Bae blickte sie einen nach dem anderen der Reihe nach an, als wolle er feststellen, ob sie ihm

auch gut zugehört hätten. Scheißstern weinte nun laut. Einigen wurde das erst jetzt bewusst, dass Scheißstern laut weinte.
Shim Yong-Bae rief noch einmal:
„Der Mensch kann nur Schallwellen bis zwanzigtausend Hertz hören, der Hund kann noch Geräusche von hundertzwanzigtausend Hertz hören."
Er sah jeden von ihnen noch einmal an und öffnete dann wieder seinen Mund:
„Der Mensch kann nur Schallwellen bis zwanzigtausend Hertz hören, der Hund kann noch Geräusche von hundertzwanzigtausend Hertz hören. Wenn die Seele des Menschen weint, leidet, traurig ist oder auch froh, gibt sie Töne von sich. Der Mensch kann sie nur nicht hören. Auch wenn das Gemüt oder der Geist des Menschen in Bewegung sind, beim Lieben, Hassen und Fürchten, beim Zornig- und Geduldigsein, beim Streiten und Versöhnen, beim Gut- und Bösesein, beim Zögern und Bereuen, gibt der Mensch Töne von sich. Wenn der Mensch glücklich ist und wenn er unglücklich ist, immer gibt er Töne von sich. Auch beim Habgierigsein, Nachgeben, Sehnen, Fluchen, Wünschen und bei Angst gibt der Mensch verschiedene Töne von sich. Sehr hoch und sehr schwach. Der Mensch kann diese Töne nicht hören, aber der Hund hört alle diese Töne mit seinem feinen Gehör und reagiert darauf."

Eine Weile war es still. Alle starrten ihn benommen an. Noch einmal wiederholte Yong-Bae:
„Der Mensch kann nicht hören."
Damit ging es zu Ende. Auch nachdem er den Mund zugemacht hatte, schauten sie noch eine Zeit lang einfach zu ihm hin. Als ob sie sich wünschten, dass er seine Rede fortsetzen würde. Aber er tat den Mund nicht mehr auf. Er versank wie betäubt wieder in seinen tiefen Dämmerzustand, sodass man geneigt war, zu fragen, ob er denn überhaupt eine so lange Rede gehalten habe. In der Zelle herrschte eine unheilvolle Stille. Als sei eben gerade ein gefährliches und erschreckendes Manifest verlesen worden. Nur das Schluchzen von Scheißstern schlug auf der Stille kleine Wellen wie Regentropfen.
Es war schon eine Weile vergangen, als Han Kyu-Il sagte, Yong-Bae sei ein Hundedoktor. Und nachdem Diakon Kwon wieder zu sich gekommen war, nahm er zur Kenntnis, dass Scheißstern immer noch weinte. Gleich darauf bemerkte er, dass Kim Yong-Ki schnell ein Hähnchen fast ganz aufgegessen hatte.
Aber Park Kyu-Shik nahm von alledem nichts wahr. Er zitterte wie Espenlaub und war nur von einem Gedanken beherrscht. Denn er erinnerte sich jetzt, wer Shim Yong-Bae war und wo er ihn gesehen hatte. Shim Yong-Bae war sein Opfer. Nein, es wäre

wohl richtiger zu sagen, beide waren füreinander Opfer und Täter zugleich. Shim Yong-Bae war nämlich der Mörder von Paek Sang-Il, der vor langer Zeit ein Komplice von Park Kyu-Shik gewesen war.

5

Paek Sang-Il war ein Hundeschlächter gewesen, der ein Lokal für Stamina fördernde dicke Hundefleischsuppe und Kraftbrühe aus Hundefleisch[16] betrieben hatte. Als er Kyu-Shik vorgeschlagen hatte, Hunde stehlen zu gehen, war dieser mitgegangen, mehr weil er Langeweile hatte als weil er unbedingt Geld verdienen wollte. Außerdem hatte er wohl auch gemeint, er könne sich auf diese Weise dafür revanchieren, dass er bei Sang-Il ein-, zweimal kostenlos Hundesuppe gegessen hatte.

Es war einige Zeit, bevor Apartmenthäuser und dergleichen ihren Einzug in die Gegend dort gehalten hatten und Wondang noch ein von Feldern und Hügeln umgebenes, unbedeutendes kleines Dorf gewesen war. Damals gab es dort eine Hundeschule. Sie hatte einen ganz besonderen Namen, sie hieß „Schule der glücklichen Hunde“. Ein einzelner junger Mann richtete die Hunde ab. Sang-Il und Kyu-Shik fassten dieses Haus ins Auge. Um das Gelände der Hundeschule zu erkunden, gingen sie zuerst mit einem Mischlingshund dorthin und taten so, als ob sie Kunden wären, die den Hund dort abrichten lassen wollten. Irgendetwas war dort anders als in anderen Hundeschulen. Zunächst einmal gab es keine Hürden für die Sprungdressur, wie sie in Hundeschulen gewöhnlich zu sehen waren. Es gab nur einen großen leeren Hof. Nur vier oder fünf Hunde waren angeleint oder in einem Zwinger eingesperrt, die anderen Hunde, etwa zehn, rannten spielend auf dem großen Hof hin und her.

Der Mann, der sie in der „Schule der glücklichen Hunde" empfangen hatte, das war eben Shim Yong-Bae gewesen. Er war damals wohl dreiundzwanzig oder vierundzwanzig Jahre alt. Er sprach leise und ruhig, und seine Augen waren durchsichtig wie klares Wasser. Er sagte, dass sowohl Mischlingshunde als auch teure reinrassige Hunde, je nachdem wie man sie ausbilde, klug oder dumm werden könnten. Selbstverständlich gebe es einige durch die Rasse bedingte Unterschiede, aber diese seien im Vergleich zu den Differenzen, die sich aus den Abrichtungsmethoden ergäben, so gering, dass man sie getrost ignorieren dürfe. Er meinte nur, dass es gut sei, den Hund ganz jung, möglichst gleich nach der Entwöhnung in die Hundeschule zu bringen und die Ausbildung beginnen zu lassen. Das Wichtigste von allem sei jedoch, dem Hund keine Dressur aufzuzwingen, sondern sich mit ihm anzufreunden.

Wenn man über das Gemüt zu einem tieferen gegenseitigen Verständnis gefunden habe, vollziehe sich die Erziehung schnell.
Da stellte Kyu-Shik die Frage: „Verdienen Sie genug?“
„Die Leute vertrauen mir die Hunde zur Ausbildung an, aber viele holen sie nicht ab. Ob sie nun wegen der zu zahlenden Ausbildungskosten nicht kommen, oder ob sie die Hunde nicht mehr mögen, weiß ich nicht.“
Sang-Il und Kyu-Shik sagten, dass sie es sich noch überlegen wollten, und gingen weg. Beim Abschied sagte Shim Yong-Bae noch etwa Folgendes: „Mischlingshunde sind eigentlich großmütiger und nachsichtiger. Ich nehme teure ausländische Rassehunde sogar ungern an. Nicht wegen der Hunde, sondern wegen der Besitzer.“
In der Tat schien es dort nur wenige teure reinrassige Hunde zu geben. Das war ein Vorteil für Sang-Il und Kyu-Shik. Denn allzu teure Hunde sind nicht nur zu schade zum Essen, sondern deren Besitzer würden auch die Hunde, sobald sie von dem Diebstahl erfahren hätten, unnachgiebig überall suchen wollen. Dass die Hunde nicht gefesselt waren, hatte Vorteile und Nachteile für die beiden.
Ein paar Tage später fuhren Sang-Il und Kyu-Shik nachts mit einem kleinen Laster zum Tatort. Sie stahlen sieben Hunde. Die teuren Hunde rührten

sie nicht an. Anfangs bellten die Hunde heftig, aber niemand kam heraus, um nachzusehen. Erst als sie im Begriff waren, den Ort eilends zu verlassen, merkten sie, dass Shim Yong-Bae ausgegangen war. Genau zwei Tage waren vergangen, als Shim Yong-Bae mitten in der Nacht, geführt von einem großen Hund der Rasse von der Insel Chindo, in Sang-Ils Lokal für Hundesuppe in Kupabal erschien. Zu der Zeit waren die sieben Hunde aus der „Schule der glücklichen Hunde" schon zu Essfleisch und zu Hundebrühe geworden, die in den Mägen kraftstrotzender Männer längst verdaut waren. Shim Yong-Bae verlangte, dass man die Hunde zurückgebe. Natürlich stellte Paek Sang-Il sich unwissend und fragte zurück, wovon er rede.

Yong-Bae stand da und starrte Sang-Il eine Zeit lang an und sagte dann: „Kil-Dong! Bewachen!" Im selben Augenblick fletschte der Chindo-Hund die Zähne und ging knurrend auf Sang-Il zu. Wenn der etwa versuchte, sich ein bisschen zu bewegen, bellte der Chindo-Hund ihn so an, als würde er gleich über ihn herfallen. Inzwischen fing Yong-Bae an, das Lokal zu zerstören. Der Suppenkessel wurde umgestürzt, der Geschirrschrank zertrümmert, der Hundezwinger aufgebrochen, sodass die Hunde in alle Richtungen davonliefen. Die fertige Hundebrühe floss auf den Boden, weil das Gestell des Druckkochers zu Bruch ging und die Glaskanne

zum Auffangen der Brühe in Stücke gesprungen war. Restlos zerstörte Yong-Bae dies alles in seiner Wut.
„Gehen wir! Kil-Dong!“
Als Sang-Il sich nun mit lautem Geschrei auf Yong-Bae stürzte, sprang Kil-Dong ihn lautlos wie ein Blitz von hinten an und biss ihm in die Schulter.
„Lass ab, Kil-Dong! Gehen wir!“
Sogleich ließ Kil-Dong Sang-Ils Schulter los. Und während Sang-Il die gebissene Schulter umfasste, verschwand Yong-Bae mit Kil-Dong zusammen nach draußen.
Sang-Il verklagte Yong-Bae, er wurde verhaftet und dann zu sechs Monaten Gefängnis verurteilt. Nur drei Tage nach der Verhaftung Yong-Baes fuhren Sang-Il und Kyu-Shik wieder mit dem Laster zur „Schule der glücklichen Hunde“, die nun niemand betreute, nahmen alle Hunde dort mit, ohne zwischen reinrassigen und gemischtrassigen zu unterscheiden, und kehrten in das Lokal für Hundefleischsuppe zurück, das nach der Renovierung wieder eröffnet worden war. Die heißen Hundstage standen vor der Tür, und Kunden, die Hundefleisch essen wollten, standen vor dem Lokal Schlange.
Nachdem Yong-Bae nach verbüßter Strafe aus dem Gefängnis entlassen worden war, verging kaum ein Monat, und er erschien wieder in Sang-Ils Lokal. Kil-Dong hatte er diesmal nicht dabei, denn den

hatte Sang-Il längst jemandem für teures Geld verkauft. Stattdessen hatte Yong-Bae ein Messer in der Hand. Als er das Lokal wieder verließ, steckte dieses Messer Sang-Il im Leib.

Am nächsten Abend war Yong-Bae gerade dabei, das Schild „Schule der glücklichen Hunde" wieder an das Tor der verwüsteten Hundeschule anzunageln, als Kriminalpolizisten im Sondereinsatz angestürmt kamen. Mehrere Beamte stürzten gleichzeitig aus dem Wagen und riefen: „Shim Yong-Bae!" Yong-Bae stand auf einem Stuhl, einen Nagel in der einen, den Hammer in der anderen Hand, weil er ja gerade dabei war, das Schild anzunageln.

„Nur einen Moment noch! Ich hänge das gerade fertig auf."

Aber die Kriminalpolizisten warteten nicht. Sofort fielen zwei über ihn her und warfen ihn zu Boden. Der eine nahm ihm den Hammer ab, der sich plötzlich in eine Mordwaffe hätte verwandeln können, und schleuderte ihn weit weg, der andere legte ihm Handschellen um die Handgelenke. Das Aushängeschild „Schule der glücklichen Hunde", das nicht mehr fertig angenagelt werden konnte, war heruntergefallen und rutschte über den matschigen Boden. Als die Kriminalbeamten Yong-Bae in den Wagen nötigten, machte der plötzlich seinen Hals ganz lang und heulte: *wuuuu,* wie ein Hund. Als Antwort darauf begannen alle Hunde im Dorf gleichzeitig zu bellen, sodass sich ihr Gebell unter dem dunklen Himmel zu einem verwirrenden Getöse verband. Danach stürzten Hunde in der Dunkelheit aus diesem und aus jenem Haus heraus und bellten die Kriminalbeamten so an, dass sie, plötzlich von Furcht ergriffen, den Ort Hals über Kopf verließen, ohne die Durchsuchung richtig in Angriff genommen zu haben.

Yong-Bae wurde zu fünfzehn Jahren Zuchthaus verurteilt.

6

Mitten in einer Nacht erhob Scheißstern sich vorsichtig neben dem Diakon Kwon und setzte sich hin. Im Sitzen sah er sich in der Zelle um. Alle schliefen ganz fest. Auch Diakon Kwon schnarchte im Tiefschlaf. Scheißstern hob die Hose auf, die er ausgezogen und neben sich liegen gelassen hatte, und durchsuchte die Taschen. Vor zwei Tagen hatte er begonnen, einen Strick zu flechten, jetzt war er einen Meter lang. Er nahm den Strick und stand auf. Er ging zum Essensausgabeloch und erkundete mit Hilfe eines kleinen Glasstückes die Lage draußen. Der Wärter schlief mit dem Kopf auf dem Schreibtisch. Scheißstern blickte auf das Gesicht des schnarchenden Diakon Kwon herab. Unwillkürlich stieg Hass in ihm hoch. Der Hass war derart heftig, dass ihm schwindlig wurde. Er spürte den Drang in sich, mit der Schnur nicht sich, sondern dem Diakon Kwon den Hals zuzudrücken. So eine Bestie. Aber wenn er das täte, würde er sich nur noch mehr beschmutzen. Er war jetzt schon schmutzig genug. Wenn er daran dachte, fand er sich selbst so widerwärtig, dass ihm übel wurde.

Vorsichtig auftretend ging er in Richtung Kübel. Auch Shim Yong-Bae schlief tief. Aber man konnte nicht sicher sein. Denn Yong-Bae schien zu ahnen, dass Scheißstern entschlossen war, sich das Leben zu nehmen. Als sie von der Arbeit zurückkamen und nebeneinander gingen, hatte Yong-Bae zu Scheißstern gesagt, das dürfe er nicht tun. Scheißstern hatte zurückgefragt, was er damit meine. Daraufhin hatte Yong-Bae ihm sogar in die Augen geblickt und noch einmal gesagt, dass er das nicht tun dürfe. War dieser Mann wirklich kein Mensch, sondern ein Hund? Hörte er also, wie er es genannt hatte, die Seelentöne der Menschen? Aber, auch dieser Yong-Bae schlief jetzt. Wenn er auch ein Hund sein mochte, so konnte er doch im Schlaf nichts hören.

Scheißstern betrat das Klo. Im Gefängnis gibt es keine richtige Klotür, nur ein halbhoher Holzverschlag ist davor angebracht. Aber mitten in der Nacht gab es doch niemanden, der etwas sehen könnte. Man durfte nur keine Geräusche machen. Zuerst knüpfte er aus dem Strick eine Schlinge. Wie man solche Schlingen knüpft, hatte er in der Autowerkstatt gelernt. Die Schlinge legte er sich um den Hals. Das eine Ende des Stricks befestigte er an einem der fünf Gitterstäbe, die das Fenster der Länge nach in sechs Teile teilten. Mit der Hand zog er die Schlinge kräftig zu und erhängte sich, indem er seinen Beinen jede Stütze entzog und sein ganzes Gewicht der Schlinge überließ.

7

Die Leiche entdeckte Kim Yong-Ki. Da er morgens nicht schlafen kann, steht er immer als Erster auf. Nachdem er wach geworden war, ging er aufs Klo und entdeckte dort Scheißstern, der leblos auf den Boden herabhing. Er schrie entsetzt auf und stürzte aus dem Klo heraus. Inzwischen hatte jemand den Notruf betätigt, und der Wärter kam mit dem Schlüssel, die Sicherheitsinspektion wurde benachrichtigt, alle waren geschäftig, schließlich öffnete man die Tür und stürzte hinein.

Diakon Kwon, mit schreckensbleichem Gesicht, war sehr aufgeregt. Die Leiche wurde herausgetragen. Es wurde mitgeteilt, dass heute nicht gearbeitet werden dürfe. Verdammt. Das brummte der

Zellenboss. Den Grund dafür wusste nur Han Kyu-Il. Chong Tae-Son war nämlich mit dem geheimen Verbindungsmann verabredet, der ihm heute am Arbeitsplatz Zigaretten liefern sollte.
Allen hatte es die Sprache verschlagen. Wie ein unsichtbares, aber lebendiges Riesentier füllten Schock und Angst die ganze Zelle aus und erdrückten sie. Die beiden Alten spielten seit irgendwann Go, aber anders als sonst wechselten sie kein Wort dabei. Nur das Geräusch *tak tak*, das sie beim Setzen der Go-Steine machten, unterbrach die Stille. Diakon Kwon saß mit tief gesenktem Kopf da und stöhnte nur, Oh Yong-Han weinte, ohne einen Laut von sich zu geben.
Plötzlich machte Shim Yong-Bae den Mund auf, und als er unvermittelt anfing zu murmeln, da herrschten noch diese Stille und Angst.
„Dort geschieht so etwas bestimmt nicht."
Park Kyu-Shik hob erschrocken den Kopf. Wo dieses „dort" war, wusste nur er allein. Weil sie sich Sorgen machten, was dieser seltsame Kauz diesmal anstellen könnte, starrten sie ihn an. Aber Yong-Bae blickte zu keinem von ihnen hin. Die Augäpfel ziellos ins Leere gerichtet, einer geraden Angelschnur gleich, die ohne Köder im fließenden Wasser hängt, fing er wie zu sich selbst zu murmeln an.
„Als ich sechs Jahre alt war, sind wir umgezogen. Wo das war, weiß ich nicht. Als die Mutter alle

Sachen schon weggebracht hatte, sagte sie zu mir, wir sollten in das neue Haus gehen, und nahm mich mit. So verließen wir das alte Haus. Wahrscheinlich wird das Haus, in dem wir bis dahin gewohnt hatten, irgendwo in Hwasong gewesen sein. Angekommen sind wir auf dem Bahnhof Seoul. Sobald wir angekommen waren, sagte die Mutter, sie müsse zur Toilette gehen, und verließ mich. Ich rührte mich nicht vom Fleck, stand da und wartete. In der ungeheuren Menschenmasse, die an mir vorbeiströmte und irgendwohin verschwand, versuchte ich mit aller Kraft, mich keinen Schritt zu bewegen. Auch als die Mittagszeit vorbei war, kam die Mutter nicht. Auch als es dunkel wurde, kam die Mutter nicht. Auch als es Nacht geworden war, kam die Mutter nicht. Die nächtlichen Straßen waren beleuchtet, wie in Gespensterlicht getaucht, und es war kalt. Ich hatte Angst, ich war traurig. Ich weinte. Jemand kam zu mir und fragte mich, warum ich weinen würde. Er war so groß wie ein Berg, und sein Gesicht war von einem Bart bedeckt. Er trug schmutzige Kleidung, die aussah, als wäre sie aus einer Decke gemacht. Ich sagte ihm, dass ich die Mutter verloren hätte. Der Mann kaufte mir etwas zu essen und sagte, ich solle mitkommen. Mir ging auf, dass die Mutter nicht mehr kommen würde, dass die Mutter mich ausgesetzt hatte. Den Grund dafür weiß ich auch heute noch nicht.

Allerdings weiß ich jetzt, dass sich solche Dinge abspielen in der Welt, in der die Menschen leben. So gesehen ist anzunehmen, dass ich eigentlich doch weiß, warum die Mutter mich verlassen hat."
Nun hörten auch die Alten mit ihrem Go-Spiel auf und spitzten ihre Ohren für Shim Yong-Baes Erzählung. Auch Chong Tae-Son, der sich lässig an die Wand gelehnt und die Zeitschrift durchgeblättert hatte, sah zu Yong-Bae hin.
„Wo ich mit ihm zusammen landete, das war in der ‚Schule der glücklichen Hunde'."
Kyu-Shik zitterte im Innern wie Espenlaub, und blickte zu Yong-Bae hin. Wusste er oder wusste er nicht, dass Kyu-Shik an jenem Diebstahl beteiligt war? Erinnerte er sich an sein Gesicht, das er gesehen hatte, als Kyu-Shik zum ersten Mal mit Sang-Il zur „Schule der glücklichen Hunde" gegangen war? Oder hatte er es schon vergessen?
„Es war ein Lager zum Abrichten von Hunden. Der Mann war ein Hundeausbilder. Bei ihm lernte ich, wie man Hunde abrichtet. Seitdem lebte ich nur dort. Es war wirklich lustig und heiter. Ich brauchte nirgendwo hinzugehen. Ich hatte auch keine Lust dazu. Auch nachdem der Mann gestorben war, verließ ich diesen Ort nicht. Denn dort waren ja die Hunde. Kong-Chwi, Pat-Chwi, So-Dong, Son-Hwa, U-Rong Kakshi, Namu-Kkun, Do-Kkae-Bi, Kkok-Chong, Na-chol, Yang-Kil, Kyon-Hwon.[17]

Dass Hunde gern kämpfen, ist eine von den Menschen in die Welt gesetzte Lüge. Hunde kämpfen nicht. Man zwingt sie zu kämpfen. Man nennt sie Kampfhunde oder was auch immer. Kong-Chwi und Pat-Chwi waren gut befreundet, auch Yang-Kil und Kyon-Hwon stritten nicht. Alle waren Hunde, die man im Stich gelassen hatte. Sie waren zur Abrichtung übergeben worden und wurden dann nicht abgeholt. Ob es des Geldes wegen war oder was sonst der Grund dafür war, weiß ich nicht. Einige Male habe ich die Besitzer telefonisch benachrichtigt, aber sie kamen nicht. Sie ärgerten sich vielmehr über die Anrufe. So wurden alle Hunde zu einer Familie. Sein Kind lässt nur der Mensch im Stich. Ein Hund lässt seine Jungen nie im Stich. Hunde töten einander auch nicht. Sie hassen auch nicht. Sie vergewaltigen auch nicht. Ein schwules Verhältnis gibt es ebenfalls nicht. Wer es auch immer sein mag, der wird in die Familie aufgenommen, und sie leben friedlich miteinander. Manchmal kämpfen sie um ein Weibchen. Aber nach ein-, zweimaligem Kräftemessen ist die Sache entschieden. Sie kämpfen nie, bis Blut fließt oder der Tod eintritt. Nach einem Kampf versöhnen sie sich gleich. Dass Hunde Menschen beißen, ist auch eine Lüge. Sie werden so, weil man sie mit Zwangsmethoden abrichtet. Von sich aus beißen die Hunde nie. Sie beißen, weil sie so dressiert wurden. Und die Ausdrücke *Schweinehund, hundsgemeiner Kerl, dummer Hund,* die sind eigentlich gar keine Schimpfwörter. Die Menschen sind ja wirklich nicht so gut wie die Hunde. Hunde töten einander nicht. Hunde stehlen nicht. Hunde begehen keinen Selbstmord. Hunde sind nicht untreu. Hunde sind einfach so … gut und fröhlich. Den ganzen Tag. Das ganze Leben lang. Einfach gut und fröhlich spielen und leben sie."

Kyu-Shik lauschte der Erzählung Yong-Baes mit beklommener Spannung, ob er nun davon erzählen würde. Aber es war noch nicht so weit.

„Dort gab es einen Brunnen. Einen kleinen, aber immer kam klares Wasser heraus. Vielleicht sollte man ihn eher Quelle als Brunnen nennen. Nachts malten dort unsere Kinder. Das Gemalte verschwand im Nu wieder, aber es waren Bilder. Wisst ihr, dass die Augen der Hunde Lichtstrahlen hervorbringen? Am Tage sieht man sie nicht. In der Nacht sind sie zu sehen. Ihre Augen leuchten blau, rot und gelb. Das sind die Seelenfarben der Kinder. Die Kinder ließ ich im weiten Kreis um den Brunnen herum stehen. Dann nahm ich als Erster Anlauf und sprang mit Leichtigkeit über den Brunnen. Und dann nahmen auch die Kinder der Reihe nach Anlauf und sprangen in leichtem Bogen über den Brunnen. Hintereinander, in kurzen Abständen und aus verschiedenen Richtungen. Dabei

malte das Licht aus den Augen der Hunde auf dem Brunnenwasser lange Schleifen, die sich harmonisch zu einem wunderbaren Bild verknüpften. Ein Bild wie ein Feuerwerk. In der Dunkelheit sahen die Kinder wie auf einer Leinwand das Bild, das ihre Seelen gemalt hatten, und sprangen dabei heiter und glücklich herum. Auch ich konnte so leben. Wir alle konnten so leben. Kong-Chwi, Pat-Chwi, So-Dong, Son-Hwa, Yang-Kil, Kyon-Hwon, Banditenführer Kkok-Chong und Kil-Dong …"
Plötzlich hörte Yong-Bae zu erzählen auf. Als ob er etwas suche, blickte er in der Zelle umher. Schließlich fanden seine Augen genau die von Park Kyu-Shik. Eine Zeit lang sah er ihn an. Kyu-Shik wich seinen Augen aus, indem er den Blick verstohlen anderswohin richtete. Und damit glitten Yong-Baes Augen wie bei seinen Träumen wieder ins Leere.
„Kil-Dong nahm die Witterung des Tuchs auf, in das ihr das Schweinefleisch eingewickelt hattet und das ihr dort liegen gelassen habt. Zwei Tage lang bin ich mit Kil-Dong in der Umgebung herumgelaufen, und so habe ich euer Geschäft gefunden. Als ich erfuhr, dass ihr die Hunde schon geschlachtet und den Leuten als Fleisch verkauft hattet, da war ich … Dennoch habe ich Ihren Freund mit keinem Finger angerührt. Nur das Lokal habe ich zerstört. Dafür musste ich auch im Gefängnis sitzen."
„Kennt ihr beide euch?"

So fragte Kim Yong-Ki, der durchs Einsitzen gelernt hatte, blitzschnell zu schalten. Kyu-Shik gab keine Antwort.

„Nach der Zeit im Knast ging ich nach Hause zurück. Es war nur noch ein Müllhaufen. Es gab keine Kinder mehr. Die Kinder hätten den Ort auf keinen Fall verlassen. Wenn sie aus Hunger auch auf die Suche nach Nahrung gegangen wären, so wären sie doch bestimmt wieder zurückgekommen. Aber Ihr Freund hatte sie alle weggeschleppt. Alle hatte er brutal gemordet. Mit einer Keule hatte er sie geschlagen, geschunden und im Feuer geröstet hatte er sie. Mit einem Messer hatte er sie in Stücke gehauen. In einen Trümmerhaufen hatte er den Ort verwandelt. So einen … entzückenden Ort, … so … so unerbittlich …“

Kyu-Shik sagte stotternd: „Davon weiß ich nichts. Damals war ich nicht dabei. Ich habe das bloß von dem Freund erzählt bekommen.“

Aber Yong-Bae schien das nicht gehört zu haben. Er setzte einfach seine Erzählung fort.

„Im Gefängnis hatte ich jemanden kennen gelernt, der wirklich sehr nett zu mir war. Er war vor mir entlassen worden und hatte gesagt, ich solle unbedingt einmal bei ihm vorbeikommen. Ich ging nach Yongdungpo. Er kaufte mir Schnaps. Aber er sagte zu mir, ich solle mit ihm zusammen Einbrüche machen. Meine Ohren seien so gut, und mehr als meine Ohren brauche er nicht, um die Zahlenschlösser der Safes knacken zu können. Mir blieb die Luft weg. Ein Mädchen wollte er für mich bezahlen, wir sollten zusammen gehen, aber das habe ich abgewimmelt. Als ich an der Haltestelle auf einen Bus wartete, bin ich einfach auf der Straße zusammengebrochen. Wie viel Zeit war vergangen? Als ich die Augen wieder aufmachte, die Landschaft der Straße … Von irgendwoher drang laute Musik. In der dunklen Nacht funkelten auf der Straße Lichtreklamen, Autoscheinwerfer, Straßenlaternen, Neonanzeigen. Ich lag immer noch auf der Straße und sah das alles an. Die Autos, eins hinter dem anderen, hupten, funkelten und rasten, und die Menschen liefen geschäftig hin und her, drängten sich um die Verkaufsstände, feilschten um die Waren und kauften etwas. Von den vielen Menschen warf mir nicht ein Einziger auch nur einmal einen Blick zu. Als wäre ich nicht zu sehen. Als ob der Mensch, der ich bin, nicht dort gelegen hätte. Sie gingen nur so in die Läden und kauften die Sachen, sie rannten nur so zum Bus oder riefen nach einem Taxi … Und plötzlich dachte ich, ach, so geht es nicht. Das ist kein Leben. Das ist unmöglich. Einige Tage später fing ich zu schuften an. Beim Bau. Auch als wir mit der Arbeit ganz fertig waren, wurde sie nicht bezahlt. Der Vorarbeiter kaufte uns Schnaps. Er meinte dann, wir müssten alle zusammen zu dem

Bauherrn gehen und dort mit lautem Geschrei unser Geld verlangen. Wir gingen alle zum Bauherrn. Aber da seine Wechsel geplatzt waren, hatte er sich abgesetzt. Dort waren nur noch seine Frau und die Kinder. Ich dachte, dass wir wirklich nur Geschrei veranstalten, aber so war es nicht. Man wechselte nur ein paar Worte miteinander. Danach ging es ans Kaputtschlagen. In seinem Haus wurde alles, Fenster, Blumentöpfe, Fernseher, Radio, Bettdecken, Sofa, Tisch, Geschirr zerbrochen, zerrissen, zerstört. Ich machte auch mit. Ohne recht zu wissen, was ich tat, ging ich ans Zerstören, Zerbrechen, Kaputtschmeißen ... Dabei dachte ich in einem Augenblick plötzlich: Ach, so geht es nicht. Das ist kein Leben. Das ist keine Lebensweise. Das ist keine Lebenswelt. Das ist ein von aller Welt verlassener Ort. Ein hoffnungslos verlassener Ort. Ein Trümmerhaufen. Das ist unmöglich. Auf der ganzen Welt gibt es kein einziges Tier, das so lebt."

Vom Ende des Flurs im Block Vier war das Kreischen einer Tür zu hören. Kim Yong-Ki ging schnell zum Essensausgabeloch und erkundete die Lage draußen, aber es war kein weiteres Geräusch zu vernehmen. Im ganzen Block Vier herrschte Totenstille. Die Nachricht, dass sich ein Selbstmord ereignet hatte, war schon längst in den anderen Zellen verbreitet worden. Daher wartete der ganze Block Vier nervös auf die Reaktion der Gefängnisverwaltung.

„Die Welt war nur an einem Ort. Dieser Ort war die ‚Schule der glücklichen Hunde'. Aber ich dachte daran, wie verwüstet dieser Ort nun war, dachte, was aus Kong-Chwi, Pat-Chwi, Banditenführer Kkok-Chong, Kil-Dong, Yang-Kil, Kyon-Hwon, So-Dong, Son-Hwa geworden war, da ging ich zu dem Lokal für Hundesuppe. Das durfte ich nicht. Ich hätte hören müssen, dass Kil-Dong irgendwo schrie: ‚Tu das nicht.'"

Sie warteten auf die Fortsetzung. Aber Yong-Bae schien schon in seinen Dämmerzustand hineingeglitten zu sein. Als sie die Hoffnung schon aufgegeben hatten und hier und da zu rascheln anfingen, machte er den Mund wieder auf und murmelte: „Das, das ist kein Leben."

Vom Flur her begannen Schlüsselklirren und Getrampel hörbar zu werden. Kim Yong-Ki, der immer noch neben dem Essensausgabeloch stand, sagte, während er nach draußen spähte: „Es sind Sicherheitsinspektoren. Sie kommen in einer Gruppe herein."

„Zum Teufel! Was für ein verdammtes Pech", murrte Chong Tae-Son. Er hatte Angst, dass sein Zigarettenhandel ans Tageslicht kommen könnte. Diakon Kwon fürchtete sich davor, dass sein schwules Verhältnis zum Scheißstern herauskam und er die Verantwortung für dessen Selbstmord auf sich nehmen musste. Die Übrigen befürchteten alle, dass

die Zelle aufgelöst würde. Schließlich war das eine Zelle von einem Tigerfell, in der man einigermaßen gut leben konnte. Alle hatten Angst, auch die, die nichts Verbotenes getan hatten.
„Sie kommen!"
Kaum hatte Kim Yong-Ki sich mit diesem kurzen Aufschrei vor das Essensausgabeloch gesetzt, da wurde die Zellentür mit lautem Quietschen geöffnet und die Wärter kamen hereingestürzt.
„Zellendurchsuchung. Alle raus!"
Die Wärter drohten ihnen mit dem Knüppel und trieben sie hinaus. Chong Tae-Son hob das von Angstschweiß glitzernde Gesicht und musterte schnell die Wärter. Das Gesicht, das er suchte, war nicht zu sehen. „Raus mit dir, du Lump!" Ein Knüppel sauste auf seine Schulter nieder. Tae-Son schrie vor Schmerz auf und fiel hin, richtete sich aber sofort wieder etwas auf und kroch langsam auf den Flur hinaus. Wieder sauste der Knüppel auf ihn nieder. „Runter mit dir, du Schurke! Auf den Boden, sag ich. Kopf runter! Augen zu! Wer mit den Augäpfeln rollt, dem stechen wir die Augen aus." Hier und da stieß jemand beim Aufprall der Schläge Schmerzensschreie und Seufzer aus. Denen trat man auf die Schulter und den Brustkorb. Nachdem die Wärter sie alle im Flur auf dem Boden liegen hatten, gingen sie in die Zelle hinein und fingen mit der Durchsuchung an. Sie zogen alle Bettbezüge ab. Die

Wäschebündel rissen sie auf und verstreuten den Inhalt auf dem Boden. Die Wärter suchten selbst im Klo unter dem Klosettbecken nach. Dielenbretter hoben sie auch auf. Zigaretten kamen zum Vorschein, das noch ungeöffnete Päckchen Unterwäsche purzelte hervor, Glasstücke, Nadeln, Fäden, ungewaschene Unterwäsche, eine Postkarte mit dem Anfang „Wie schwer haben Sie bei diesem kalten Wetter zu schaffen" und Briefe, Bleistiftstummel, Fotos, Staub, ein Stück Brot, Paprikapaste, Kimchi, Sojabohnenpaste und Gewürze, all das quoll hervor. Während Kyu-Shik ausgestreckt auf dem kalten Betonboden lag, dachte er bei dem Geschimpfe, das wie ein Regenschauer auf sie herunterströmte, bei den Knüppelschlägen und Fußtritten: Das ist wirklich kein Leben.

Es geschah in diesem Moment. Shim Yong-Bae, der neben ihm lag, sprang plötzlich mit einem Satz hoch.

„Was fällt dir ein, Scheißkerl? Runter!" Ein Wärter fuhr ihn an.

Krrrrr. Yong-Bae knurrte. Er fletschte alle seine Zähne bis zum Zahnfleisch, verzog sein vom Blutandrang rot angelaufenes Gesicht und begann zu bellen. „*Wwau! Wwau!*" Der ganze Flur hallte von seinem Gebell wider. Kyu-Shik dachte: Ja, gut. Beiße! Beiße nur! Diese Scheißkerle.

Ein Wärter näherte sich Yong-Bae. Er schlug ihm

einfach mit dem Knüppel ins Gesicht. Im Nu war seine Stirn aufgeschlagen, und Blut floss herunter. Yong-Bae aber knurrte weiter. Die Wärter, die die Zelle durchsuchten, kamen alle auf den Flur gestürzt. „Ist dieser Schurke denn verrückt geworden?“

Wwau! Wwau! Yong-Bae funkelte mit den Augen und bellte sie an. Die Wärter zogen alle zugleich den Knüppel heraus und fielen über ihn her. Das Bellen Yong-Baes konnte Kyu-Shik nicht mehr vernehmen. Nur das dumpfe Aufschlagen der Knüppel und das Gebrüll: „Leg ihn um! Tritt doch drauf!“, waren noch zu hören.

8

Ihre Zelle wurde aufgelöst. Chong Tae-Son wurde am längsten verhört, weil sein Zigarettenhandel entdeckt worden war, und er wurde in die Strafzelle eingesperrt, nachdem man ihm den ganzen Körper mit einem Fesselstrick umwickelt und die Hände mit Handschellen auf dem Rücken gefesselt hatte. Aber er verriet bis zum Ende nicht, wer sein geheimer Verbindungsmann war. Vielleicht war Chong Tae-Son besonders schweigsam, aber vielleicht hatten ihn die Sicherheitsinspektoren in diesem Punkt auch nicht bis zum Äußersten gedrängt, wer weiß.

Diakon Kwon wurde auch in die Strafzelle eingesperrt, weil sein schwules Verhältnis zu Scheißstern herausgekommen war. Die Übrigen wurden getrennt und einzeln in verschiedene andere Zellen verlegt, bis auf Yong-Bae.
Yong-Bae bellte und knurrte weiter, auch während des Verhörs. Die Wärter konnten von ihm kein Menschenwort, weder Schreien noch Stöhnen, vernehmen. Wer auch immer etwas fragte, den bellte er nur an wie ein Hund. Ein Arzt der Nervenklinik, der beobachtete, wie Yong-Bae bellte, meinte: „Er scheint an Aphasie zu leiden. Er bellt nämlich nicht einfach, sondern durch sein Gebell will er etwas zum Ausdruck bringen. Das Gebell soll die Sprache der Menschen ersetzen." Aber freilich gab es niemanden, der verstehen konnte, was er durch sein Gebell sagen wollte. Schließlich wurde er als geisteskrank diagnostiziert und in die Krankenstation verlegt.
Aber Kyu-Shik glaubt nicht, dass Yong-Bae verrückt geworden ist. Er will nur kein Mensch mehr sein, sondern ein Hund werden. Nicht als Mensch, sondern als Hund möchte er in die „Schule der glücklichen Hunde" zurückkehren. Auf dem Brunnenwasser dort möchte er das Bild der Seele wieder malen, wie früher möchte er dort leben.

Anmerkungen

1 Chonju ist die Provinzhauptstadt der Nordchollaprovinz.

2 Kojumong ist der 1. König des Koguryo Reiches. Koguryo ist das nördlichste der drei frühen koreanischen Teilreiche und bestand seit dem 1. Jh. v. Chr.; im Südwesten der Halbinsel lag Paekche, das etwa seit dem 3. Jh. n. Chr. als Staat betrachtet werden konnte, ebenso wie das Shilla-Reich im Südosten. Das Shilla-Reich hat schließlich 668 die drei Staaten vereinigt und von seiner Hauptstadt Kyongju aus regiert. 935 brach seine Herrschaft zusammen, und unter dem Namen Koryo (Korea) bildete sich ein neues Staatswesen heraus.

3 Yuri ist der 2. König des Koguryo-Reiches.

4 Asadal hat eine der beiden berühmten Pagoden für den Bulguksa-Tempel in Kyongju geschaffen. (8. Jh. n. Chr.) Das 8. Jh. gilt als Höhepunkt der Macht und der Kultur des Shilla-Reiches.

5 In dem Märchen „Der Hase besucht den Drachenkönig“ braucht der kranke Drachenkönig zu seiner Heilung die Leber eines Hasen. Und eine Schildkröte bringt diesen Hasen zum Drachenkönig.

6 Die Redensarten lauten richtig: „Selbst der Aufseher von Pyongyang möchte man nicht sein,

wenn man keine Lust dazu hat." – „Man tobt sich nicht wie gewohnt aus, wenn die Strohmatte gerade gelegt wird."

7 Bei der offiziellen Trauung trägt die Braut ein weißes Brautkleid im westlichen Stil und der Bräutigam einen dazu passenden Anzug. Viele Brautpaare ziehen sich nach dieser Trauung um und gehen in traditionellen koreanischen Hochzeitsgewändern in die so genannte Ritenkammer der Hochzeitshalle, wo die Braut ihre Schwiegereltern und andere ältere Mitglieder der Schwiegerfamilie nach der alten koreanischen Sitte mit tiefen Verbeugungen grüßt.

8 Die Braut sitzt während dieser Zeit in voller Pracht im Ankleideraum, wo Verwandte und Freundinnen sie bestaunen können. Später wird sie in der Regel von ihrem Vater zu den Klängen von Mendelssohns Hochzeitsmarsch in den Saal geführt.

9 Beim Hochzeitsessen trägt das Brautpaar in der Regel schon wieder normale, allerdings etwas festlichere westliche Kleidung. Oft findet das Essen auch ohne das Brautpaar statt, das nur einmal erscheint und an den Tischen entlanggeht, um sich vor der Hochzeitsreise zu verabschieden.

10 ein beliebtes Kartenspiel, eine Art Poker.

11 politisch-kritisch gemeinte Umschreibung der Spielregel 5-8-12-2 (5=o, 2=ri), o gong-bi-ri ist

die gängige Abkürzung für che o kong-whaguk biri = Korruption in der fünften Republik, fünfte Republik = Amtszeit von Chun Doo-Hwan.

12 Das ist der Text eines bekannten koreanischen Kunstliedes.

13 Nach dem Mondkalender markiert der Vollmond immer die Monatsmitte.

14 Lee Tae-Baek: Spitzname des chinesischen Dichters Lee Baek aus der Tang-Zeit, der von 701 – 761 lebte (lateinische Schreibweise nach der koreanischen Aussprache der Namen). Er ist in Korea sehr bekannt; das Mondgedicht von ihm ist so verbreitet, dass seine Vertonung als koreanisches Volkslied gilt und dass es in einer Redensart benutzt wird.

15 Der Räuber Im Kkock-Chong aus dem Räuberrevier des Tals Chongsok ist eine Art koreanischer Robin Hood.

16 Hundefleisch gilt in Korea als Gesundheitskost und Kraftnahrung vor allem für Männer und wird an den schwülheißen Tagen nach dem Monsunregen im Sommer – an den Hundstagen – besonders gern gegessen.

17 Einige der Hundenamen haben eine besondere Bedeutung: U-Rong Kakshi = Braut U-Rong, Namu-Kkun = Holzfäller, Do-Kkae-Bi = Gespenst, Kkok-Chong = Name des schon genannten Räuberhauptmanns, Na-chol = Polizeistreife.

Nachwort

Choi In-Suk wurde 1953 in Namwon in der Nordcholla-Provinz geboren und zählt heute zu den bekanntesten Erzählern Koreas. Er begann in den 70er Jahren zu schreiben und hat seit 1980 mehrere Dramen, ein Drehbuch, fünf Romane und mehrere Erzählbände veröffentlicht. Für sein bisheriges Werk hat er sechs bedeutende koreanische Literaturpreise erhalten; die vorliegenden Erzählungen wurden 1995 mit dem Prosa-Preis der Daesan-Kulturstiftung ausgezeichnet. Dies ist das erste Buch des Autors, das ins Deutsche übersetzt wurde.

Choi In-Suks Prosa ist realistisch, zuweilen naturalistisch genau, er verwendet Rückblenden und erlebte Rede bzw. inneren Monolog; ein besonderes Strukturelement sind die wohl durchdachten Rahmen der einzelnen Erzählungen, aber das Entscheidende ist immer die Story selbst.

Im Mittelpunkt der Erzählungen stehen kleine Leute, oft Randfiguren oder Outsider, mit kleinen Träumen und Hoffnungen. Sie leiden an ihrer Umwelt, scheitern an den Umständen ihres Lebens bzw. an den politisch-gesellschaftlichen Zuständen, sind in ihrem Schicksal Gefangene (das Gefängnis in *Der Brunnen meiner Seele* als Mikrokosmos der Gesellschaft). Dabei gestaltet Choi In-Suk immer genau erkennbare, plastische Szenarien und Orte, er verwickelt seine Personen in nachvollziehbare aufschlussreiche Situationen und Ereignisse und zeigt, wie sie darauf reagieren, was sie fühlen, wie sie mit anderen umgehen. Historische Ereignisse, auf die Bezug genommen wird, werden nicht gedeutet, sondern sie dienen als Beispiele für eine Welt, die von Gewalt durchdrungen ist, sei es in Form staatlicher Macht oder sei es generell aus der Notwendigkeit des Überlebenskampfs heraus.

So lässt Choi In-Suk den Leser einen Blick hinter die Fassade einer Gesellschaft tun, die sich gern als homogen, fortschrittlich und erfolgreich sieht. Sehr deutlich erkennbar wird die Kehrseite der Homogenität und der konfuzianistisch verbrämten Autoritätsstrukturen: eine Unfähigkeit zum konstruktiven Dialog und zur Toleranz von Andersgearteten. Erkennbar wird aber auch die koreanische Kunst zu überleben, sich einzurichten oder sich geschickt zu entziehen und dennoch die Hoffnung auf Besserung nicht aufzugeben.

Beides ist charakteristisch für die koreanische Literatur: die Darstellung des Leidens, weil Leiderfahrungen in besonderem Umfang Bestandteil der nationalen Geschichte Koreas sind – und das Festhalten an Träumen, Hoffnungen und privaten Utopien. Denn Choi In-Suk lässt seine Personen auch über das verfügen, was in der koreanischen

Geschichte der Zwillingsbruder des Leidens ist: der Wille und die Kraft zu überleben, so wie es in der Erzählung *Am Strand der Welt* heißt: „Wir lassen uns nicht unterkriegen!“

Seoul, im April 2000

Kim Sun-Hi und Edeltrud Kim

Die Übersetzerinnen:

Kim Sun-Hi hat an der Ewha-Frauen-Universität in Seoul Germanistik studiert sowie Klassische Philologie in Marburg und Heidelberg. Sie lebt als freiberufliche Übersetzerin in Seoul.
Edeltrud Kim hat in München und Bonn Germanistik und Geschichte studiert, war Lektorin des DAAD an der Seoul National University und ist seit 1980 Professorin an der Deutschen Abteilung der Ewha-Frauen-Universität in Seoul.

Die Deutsche Bibliothek – CIP-Einheitsaufnahme

Ch'oe, In-sÿæok:
Der Brunnen meiner Seele : drei Erzählungen /
Choi In-Suk. Aus dem Korean. von Kim Sun-Hi und
Edeltrud Kim. – München : Middelhauve, 2000
(Middelhauve Literatur)
ISBN 3-7876-9707-1

Middelhauve® Literatur

First published by Verlag Koryowon, Seoul 1995
Original title: Nae Yonghonui Umul

gesetzt aus der Bembo 12/13 Punkt

gedruckt auf 100 g 1,5 Vol. Munken Print
Satz: Utesch GmbH, Hamburg
Druck und Bindung: GGP Media GmbH

ISBN 3-7876-9707-1

Wir danken unseren Partnern und Lieferanten!